エドワード・
ラング准将
祐奈を護衛する騎士
ピーター・
リスキンド
ラングを敬愛する騎士

「ハグしてもらってもいいですか？」
「喜んで」

ヴェールの聖女 2

~醜いと誤解された聖女、イケメン護衛騎士に溺愛される~

Tsuyuko Yamada
山田露子

ill. 鳥飼やすゆき

Contents

目次

Virgin of the Veil

1 傍迷惑なアリス隊

一行は一路『レップ』を目指していた。

レップはふたりの聖女が進むルートの交差地点であるので、祐奈たちはそこでアリス隊と合流することとなる。

祐奈たちは南回りのルート、アリスたちは北回りのルートを進行してきて、レップ大聖堂で交わる。交差後、各隊は南北を反転させ、今度は祐奈たちが北、アリスたちが南という具合に、ふたたび分かれて進む。

ちなみにレップを越えれば、国境はすぐ目と鼻の先である。カナンとローダー――ふたりの聖女は別々の都市から、国を出ることになる。

事件はレップの手前、とある岐路に差しかかったところで起きた。

馬車がガクリとスピードを落とし、徐行を経て、すっかり止まってしまったのだ。……どうしたのだろうか。

ラング准将が馬車の扉を開け、確認のため外に出る。

一足先に単騎で偵察に向かっていたリスキンドが、馬を操り戻って来るのが見えた。

祐奈が馬車の扉から身を乗り出して前方を確認してみたところ、奇妙な光景を目撃することとなった。

さして広くもない田舎の通りに、ゴチャゴチャと奇妙な馬車溜まりができている。周辺の農地にはみ出して馬車が停留しているさまはなんとも不可思議で、浜に乗り上げてしまったクジラの集団座礁を連想させた。

「アリスの隊だな」

ラング准将が瞳を眇《すが》めて前方を眺める。

少し手前でリスキンドは馬の足を止め、身軽に飛び降りて駆けて来た。彼の赤茶色の髪が、風に煽られてピョンピョンと飛び跳ねている。

「連中、馬鹿だ馬鹿だと思っていたけれど――ったくどうしようもない」

いつも飄々《ひょうひょう》としてとぼけた風情の彼が、珍しくそのおもてに苛立ちを乗せている。

「やつらは何をしているんだ」

「何もしていません。ただぼうっと待っているだけ」

「どういうことだ？」

「困ったことが起きて、どうしていいか分からなくなって、まごついているみたいです」

「事情は分からないが、ああして留まっていて、それでなんとかなるのか」

「なんともならんでしょうね。職務放棄ですよ」

それを聞いたラング准将の顔が険しいものに変わり、馬車溜まりのほうに向けられた。

「それで、やつらは何を待っているんだ？」

「あなたを」

「は？」

「どうすりゃいいのか分からないから、ここでじっと待っていれば、ラング准将が通りかかって助けてくれるだろうと」

彼らはレップを目前にして、何か進退窮まる事態に直面したらしい。普通ならば、どうにかして自力で切り抜けようとするが、まさかの他力本願でいこうという腹積もりのようだ。

どれだけ甘えれば気が済むのか。

さすがのラング准将もこれには絶句してしまった。

大人げないかもしれないが、『このまま見なかったことにして引き返すか』という言葉が喉元まで出かかる。

素早く頭の中に地図を思い浮かべ、この道以外でレップに辿り着くルートはあるか考えてみる。

——そしてすぐに諦めた。ないこともないのだが、そうするとかなり遠回りになるから、時間の無駄だ。元々ベストな行程を選んでいるので、それをアリス隊のせいで変更するのも腹の立つ話だった。

それにこのだらしない有様を放置しておくわけにもいかない。近隣の農地に好き勝手に馬車や馬を停めて荒らしているように見えるのだが、ちゃんと許可は取っているんだろうなと苛立ちが湧き上がってくる。

アリス隊の運営はラング准将には関係ないとはいえ、王都の騎士隊が無関係の人々に迷惑をかけているなら、見過ごすこともできなかった。立場が強い者が、弱い者を虐げるような迷惑行為は、絶対にしてはならないことだ。

「……いい加減、ハッチの息の根を止めてやろうか」

ラング准将が珍しく毒舌になっている。

多くの兵を抱え、潤沢な資金を与えられ、恵まれた編制で旅をしてきて、何をしているんだと言いたくなる。これだけ至れり尽くせりの状態で送り出されれば、おしめが取れていない赤子であってもそれなりに仕切れるぞ。

戦場にいるわけでもないのに、ラング准将から殺気が漏れ出してきた。

リスキンドは傍らでそんな上官の姿を眺めながら、『普段抑制の利いている人が本気で怒ると、ただでは済まされないような異様な迫力が出るなぁ』と考えていた。

……ていうかもう、殺っちゃっていいと思うんですよね。それで森の中にハッチの馬鹿を埋めて、すっきりしてから進みません？

正直なところリスキンドとしては詳細を説明するのも嫌なくらいであったのだが、話が前に進まないので渋々伝える。

「目的地の『レップ』は山を越えた向こう側にありますよね。辿り着くには右回りと左回りのルートがあって、左は山中を突っ切る険しい道、右は見晴らしの良い平地を抜けるルートとなっています。当初の計画では右回りで進むというものでした」

「何か問題があったのか？」

「賊に待ち伏せされていたようで」

「一戦交えた？」

「いえ――右回りのルートを進みかけたところ、前方から怒声が聞こえ、爆発音がしたのだそうです。それでハッチはすっかり怖じ気づいてしまい、戦わずにここまで戻って来た」

「戻って来て、それから何もしていないと？」

「そうです」

　さすがに左回りのルートに変更するほど阿呆でもなかったようだが、それだって戦略的に判断したというよりも、ラング准将が計画を立てたルートから外れるのが怖かっただけかもしれない。左回りの山道は狭く険しい。片側は崖になっている箇所が多く、敵に前後から挟み撃ちにされたらひとたまりもないだろう。アリス隊の唯一の取り柄である『数の多さ』も、縦長に展開してしまえばまるで意味をなさない。山地に慣れた敵に狙われれば、ハッチが抵抗できるはずもないから、思いとどまってくれてよかった。

　とはいえ。

「あれだけの数の隊員がいて、何を恐れる？　堂々と平地を進んだらいい」

「とにかく怯えていますねー。なんせ馬鹿なもんで」

　馬鹿だからで片づけていい話なのだろうか。ラング准将は全員まとめて叩き殺したくなってきた。全員、もらったギャラを即刻返納すべきだ。

「ハッチの薄らボケと話をつけてくる」

　ラング准将はリスキンドの馬を借り受け、身軽にまたがった。

　馬上から見おろし、短く指示を与える。

「祐奈の護衛を頼む」

　ラング准将の顔は逆光気味で影になっていた。表情が窺えなくなると、途端に謎めいた雰囲気が強まる。

　元々底知れないところのある人なのだが、懐に入ってしまうと温かみがあるので、つい怖さを忘れてしまう。

　しかしこうして少し距離を感じることで、隙のなさに改めて気づかされる。馬上のシルエットが凛として美しく、リスキンドは一瞬見惚れてしまった。

　そして頭の片隅では『ハッチ准将は震え上がり、チビって隊服をだめにすることになるだろうな』と考えていた。

「留守は任せてください」

　リスキンドが応えると、ラング准将は小さく頷いてみせ、馬を発進させた。


　隊のしんがりにラング准将が近づくと、初めに下っ端がそうと気づいて、辺りが一気にざわつき始めた。

　待機状態はかなり長引いており、隊員たちはうんざりしていたところだった。そこへ現れた救世主というわけで、皆が期待を込めてラング准将の姿を見上げた。

「――ハッチ准将はどこだ」

　ラング准将に尋ねられた隊員が慌てて姿勢を正しながら答える。

「はい、直進して右手奥の――あちらの民家にいらっしゃいます」

「なぜ民家に？」

「長引きそうなので、聖女アリス様を馬車内で待機させておけないとなり、一時的に家をまるごと借り受けました」

「住民の了承を得て借り受けたのだろうな」

「え？」

きょとんとされ、ラング准将の圧が一層増す結果となった。しかしラング准将は結局、怒鳴りはしなかった。下位の隊員をどやしつけてみても何もならないからだ。

――このツケは必ずハッチ准将に払わせてやる。

ラング准将は馬を駆って進み、小綺麗な民家の前で馬を下りた。

農村地に建つ小さな家だが、住人が暮らしを大切にしているのが分かる佇まいだった。赤いスレート屋根に、よく手入れされた煉瓦壁。ポーチには花が飾られ、小綺麗にしてある。

視界の端に四十代くらいの女性の姿が映り込んだ。険しい顔でこちらを見据えている。

手に大ぶりの器を抱えており、飼育している鳥に餌をやるため、こっそり立ち寄ったのだと分かった。屋敷の北側には白くペンキを塗った柵があり、その中で家畜が放し飼いにされているようだ。

ラング准将は民家に入るのをやめて、そちらへ進路を変えた。

身なりの良い騎士が突然自分のほうへ向かって来たので、女性は怖じ気づき、逃げ出しそうな素振りを見せた。

「――すみません、少々お時間をいただけますか」

ラング准将が穏やかに声をかけると、女性がピタリと動きを止めた。

じっと窺うようにこちらを見つめる瞳には、傷つけられた者の憤りや悲しみが滲んでいる。

ラング准将はなるべく威圧感を与えぬよう、近づくスピードや物腰に注意を払った。

真面目に生きてきた人をこれ以上脅かすのは忍びない。おそらくハッチが働いたであろう狼藉《ろうぜき》を思うと、気の毒になり胸が痛んだ。

「こちらのお屋敷の方ですか」

尋ねると、女性がこくりと頷く。眉間に皺《しわ》が寄っているのを見て、ラング准将は懸念が当たっていたらしいと悟る。

「私はエドワード・ラング准将と申します。こちらに滞在しているオービル・ハッチ准将とは顔見知りの間柄でして、別の隊を指揮している者です」

「別の隊の方ですか……でも納得です」

「納得、ですか?」

「あなたはちゃんとしていますものね。ここにいらっしゃる方々とはまるで違いますよ」

はっきりとした物言い。ラング准将は気遣うように女性を眺めた。

「お名前を伺ってもよろしいでしょうか」

「私は……ドリス・ロジャースと申します」

「ミセス・ロジャース。ハッチが随分ご迷惑をおかけしているようですね」

「まったくですよ」

ロジャース夫人の顔が曇る。

「突然押しかけて来て、国の一大事だから、さっさと出て行け――こんなことがまかり通るのですか。私たち一家は手荷物を持ち出すことすら許されず、乱暴に家を叩き出されました。今は近くの知人宅にご厄介になっています。でも家畜の世話はしなくちゃならないもんで……時折こうしてこっそり戻っているのですけれど、見つかったら鞭で打たれそうだし、ここへ来るのは生きた心地がしませんよ」

なんということを……想像していたよりひどい状況だった。

ハッチがやらかしたことのありえなさにラング准将は顔を顰めかけたが、険しい顔を見たら目の前のロジャース夫人が怯えそうなので、なんとかこらえた。

職務上は常に厳しさを前面に出している彼であるが、庇護すべき者に対してはまるで違う顔を見せる。ラング准将は力を持っている者が絶対にしてはいけないことをよくわきまえていた。

「ひどい目に遭いましたね。私が責任を持って、速やかに彼らを退去させますので」

「本当ですか？　それは……それは助かります」

夫人の瞳にじわりと涙が滲んだ。

ラング准将が清潔な白いハンカチを差し出すと、彼女は慎み深く「とんでもない」と断って、エプロンの裾で目元を拭っている。

それでもあとからあとから涙がこぼれてきて、夫人はすっかり赤面していた。

ラング准将は彼女の手を取り、そっとハンカチを握らせた。今度は夫人も遠慮しなかった。

それを大切そうにきゅっと手の中で握りしめ、潤んだ目元に当てる。

「彼らは何泊していますか？」

「すでに三日ほど」

……壊滅的な馬鹿だなとラング准将は思う。

懐から小切手を取り出し、手早く金額を書き入れた。それは大都市にある一流の宿を、一週間ばかり棟ごと貸し切りにしてもお釣りがくるような額だった。

「これでは迷惑料にもならないでしょうが、お受け取りください」

小切手を切って渡すと、女性は目を丸くして固まってしまった。

「は、いえ、こんな……とんでもないことです！　いただけません！」

実直な人なのだろう。ラング准将はそれで余計にやりきれない気持ちになった。

よくぞこんな善良な人を踏みつけにして平気でいられるものだ。

「私の気が済まないので、受け取ってください。それから――彼らが迷惑をかけているのは、あなたの家だけではないですね。近隣の農地をお持ちの方も、馬車や馬で土地を荒らされて、嫌な思いをされているのでは？」

「そうですね、確かに」

ラング准将は少し考え、女性に告げた。

「その方々には現金でお渡しします。できればあなたの手から適正に分配いただけると助かるのですが」

「ええ、それは……いただけるのでしたら、責任を持って」

「では中のハッチを少々脅かして現金を巻き上げてきますので、このままお待ちいただけますか？」

ミセス・ロジャースは一瞬ポカンとして、その後意味を理解して思わず吹き出してしまった。

赤い目をこすり、にっこりと笑顔を浮かべる。

「なんだか楽しみですね！　私はこんなふうに笑ったのは三日ぶりですよ！」

「それはよかったです。――今夜には、住み慣れたおうちでゆっくりお休みいただけると思いますので」

ラング准将が口元に笑みを浮かべてそう告げると、ミセス・ロジャースは思わずほうとため息を漏らしていた。

都会には大層ハンサムな男性がいるものなのね……とただただ感心するばかりだった。

それに顔だけではない。物腰、親切な気遣い、すべてが端正で、対面していると心が洗われる。このところすっかりやさぐれていた夫人は、ラング准将と話したおかげで、元の穏やかな気性を取り戻しつつあった。

もしもラング准将に出会わないままだったら、自分は疑り深く、怒りっぽく、悲観的な人間に変わっていたかもしれない。

それだけ家を叩き出されたあの経験は衝撃的だった。

獣の尻でも蹴るような居丈高な態度で、やつらは自分と夫、そして子供を追い出したのだ。子供は外に放り出され、膝をすりむいて泣いていた。

夫は屈辱に震え、逆らえなかった自分を恥じて、夫人に「すまない」と何度も頭を下げてきた。

夫人は悲しかった。

彼は家族を護ってくれる素晴らしい人だ。そんな人に無力感を抱かせて、『恥』の概念を植えつけたあいつらが憎かった。夫を慰めながら、夫人は心の中で泣き叫んでいた。けれど実際には泣くこともできなくて――自分が崩れてしまったら、夫がさらにつらい思いをすると分かっていたので、必死で我慢した。

それが今この瞬間、報われたような気がした。

目の前の端正な騎士様が小切手に記入してくれた大金は、この方の気遣いそのものだった。ロジャース一家のささやかな暮らしぶりに対して、これだけの価値があるのだと認めてくれたような気がした。

あの暴漢どもを追い出してくれるだけでもありがたいのに、お金まで。

手元の白い綺麗なハンカチを見おろす。胸が温かくなり、また涙が溢れてきた。

あとで夫に話そう。これを聞けば、彼だって気が晴れるはずだ。夫人が笑っていれば、夫は満足な人なのだ。だからきっとすぐに元気になれる……。

ラング准将がミセス・ロジャースの大切な家に入って行くのを、夫人は祈るような気持ちでじっと見送っていた。

＊＊＊

玄関扉を三回強めにノックし、

「――エドワード・ラングだ。入るぞ」

と声をかけてから扉を開ける。

家人を追い出して居座った狼藉者どもであるが、一応アリスに対する最低限の礼儀としてのノックだった。

しかしそれとて、ラング准将のほうに微塵の敬意もないことはきっと伝わったことだろう。

……まぁアリス本人はどうせ一番奥に引っ込んでいるのだろうから、ノックがあってもなくても知ったことではないだろうが。

庶民のつましい邸宅なので、玄関扉を開けるとすぐに居間がある間取りになっていた。床面積が狭ければそれだけ施工も楽であろうから、繋ぎのような余分なスペースは極力排除してあるのだろう。

ロジャース家は内装もセンスが良かった。無垢材によく合うカーテンやラグ。気の利いたキッチン小物など。

くすんだ黄や、鮮やかな赤、深みのある緑などの色使いも上手で、目にうるさくない程度に差し色が効いている。

ミセス・ロジャースがこだわって揃えたであろう居間の家具——深緑色のソファにどっかりとオービル・ハッチ准将が腰を下ろしているのを認めて、ラング准将の腹の底に静かな怒りが湧き上がってきた。

ハッチはソファの背に腕を上げてそっくり返るようにしていたのだが、入って来た人物がエドワード・ラング准将であると気づいて、ポカンと口を開けた。

ハッチの間抜け面と対面したラング准将は厳しい声で叱責する。

「——オービル・ハッチ、立て」

怒鳴られたわけでもないのに、鞭打たれたような衝撃がその場に走った。

ハッチはバネ仕かけの人形のように勢い良く立ち上がり、ソファの前から抜け出して、直立不動でラング准将を迎えた。

顔は強張り、血の気が引いている。事情はよく分からないものの、自身が何かラング准将の不興を買ったらしいことは、彼の顔色を見てなんとなく察しがついたようだ。

「エドワード・ラング准将！　お待ちしておりました」

最敬礼の姿勢で上官を迎える。

ハッチは今やアリス隊の指揮官であるが、だからといってラング准将との立場が逆転したわけではない。

アリスが無事お役目を果たせば、旅が終わったあと、ハッチは隊を指揮した英雄として扱われるだろう。しかし現段階ではまだ違う。

それにハッチはラング准将を待ちわびていた。この状況は彼の手に余った。

ラング准将は足早に歩み寄り、ハッチの胸倉を摑んだ。

ハッチは目の前の端正な青年が、このような暴力的な行動を取る場面に初めて遭遇したので、すっかり縮み上がってしまった。顎を可能な限り引いてみるが、もちろん逃げることは叶わない。

ラング准将は背こそすらりと高いものの、筋肉の厚みはさほどにも感じられなかったので、ハッチは彼に対して恐怖を感じたことがこれまでなかった。

しかし実際に胸倉を摑まれてみると、丸太のような太い腕を持つ大男に、力ずくで締め上げられているような、とてつもない圧力を感じた。この端正な佇まいのどこにこんな力が、と呆気に取られてしまう。

「ハッチ、お前は無理矢理この家の住人を追い出し、恥知らずにも居座っているそうだな」

「そんな、滅相もありません。私は――」

「黙れ」

　ラング准将の力加減ひとつでさらに喉が締まる。

　ハッチは足元が大きく揺れているような気がした。それで少したってからやっと、自分の足のほうが震えているのだと気づいた。

　足だけではなかった。顎も、手も、腰も、全身が震えていた。ラング准将に締め上げられていなければ、とっくのとうに床に崩れ落ちていただろう。

　眼前にあるラング准将の瞳は、殺気を抑えようともしていない。狼が牙を剝いてすぐそこに迫っているような、未だ体験したことのない恐怖を覚えた。

　ハッチは悟った。

　ああどうしよう……とんでもないことをしてしまった……！

　この人の怒りを解けるのならなんでもする！　全財産をはたいたって構わない！

　何に対して彼が怒っているのかも分かっていないくせに、ハッチは全面的に降伏し、許しを乞う気持ちになっていた。

　このままでは殺されてしまうと思ったし、もしも殺されると決まっているならば、いっそ苦しめずにすぐに息の根を止めてほしいとさえ願った。

　ハッチの部下三名は壁際にジリジリと後退して、必死で気配を消そうとしていた。巻き込まれて自分も殺されては敵わないと考えながら。

「私の目を見ろ、ハッチ」

「は、はい」

「これから問う内容に嘘偽りなく答えろ。嘘や見苦しい言い逃れをしようとした場合は容赦しない。いいか」

「はい」

「私はお前を三秒で殺せるが」

ラング准将が言葉を切った。ハッチは死神に魅入られたような心地がした。

「お前が嘘をついた場合、息の根を止めることより、苦痛を与えることを優先する。分かったか」

「分かり……ました。よく分かりました」

「ロジャース家の住人を暴力的な手段で追い出したな」

「ロジャース家とは、誰――は、いえ、はい。追い出しました」

素直に困惑を見せた途端まずい空気になったと悟ったので、ハッチは返事の途中で慌てて軌道修正した。追い出したと言っているので、そう――この家の住人のことだろう。ハッチがこんなに頭をフル回転させたのは、数年ぶりのことである。

しかし必死に取り繕ったところでラング准将の怒りが解けることはない。――呆れたことにハッチは、この家の持ち主の名前も把握していない愚か者なのだから。

「家を借り受けたいなら、相手方にきちんと事情を説明して理解いただくべきだろう。そしてそれ相応の礼もすべきだ。ただし報酬を提示した場合でも、相手が拒否した場合は退くのが筋だ」

「はい、おっしゃるとおりです」

「礼はしたのか」

「礼――あの、いいえ、しておりません。私どもは当然、住人の皆様にもご理解いただけたと信じて――」

「先ほどのやり取りをもう一度繰り返さないとだめか。もしくは」

不意にラング准将が腕を動かし、指でハッチの喉仏を掴んだ。

気道が締まったハッチは激しく喘ぐ。声も出ない。頭の中にパンパンに空気を流し込まれたかのようだ。口を開き、閉じる。苦しい、痛い、怖い――。

ハッチが死を覚悟した時、喉を絞めていた腕がやっと離れた。

無様に床に転がって空気を求める。木枯らしのようなひどい音が辺りに響いていて、しばらくしてから自分の口から出ている呼吸音だと気づいた。

涙が滲んで視界が歪む。咳込んでラグの上に吐こうとすると、ラング准将が胸倉を掴んで仰向けにした。

「無様に汚すな。お前の家じゃない」

「……――――……」

返事もできない。ハッチは太い梁を見上げながら涙を流した。


少したってやっとハッチの呼吸が落ち着いたようなので、ラング准将が立たせようとしたのだが、情けないことに相手は腰を抜かしていて、クラゲのようにデロリとダレてしまっている。

ラング准将がため息を吐き、床に膝を突く。

――ハッチは媚びるように、ラング准将の美しいアンバーの瞳を見上げた。

するとその瞬間、思い切り頬を張られた。

ハッチは自分の頭が胴体から千切れてしまったのではないかと錯覚するほどの衝撃を受けた。

打ちのめされ、言葉もなかった。

この家の主人を追い出す時、背中を蹴り倒し、泣き喚く子供は外に放り投げた。貧乏人が生意気にも断ろうとしたので、制裁を加える意味もあった。

ハッチは今、自身が彼らと同じ目に遭っていると感じた。

――こんなのは理不尽だ。これは弱い者いじめにほかならないと、ラング准将を心から恨んだ。

ロジャース家の気分が分かった。彼らに対して申し訳ないことをしたとは今でも思っていない。しかしラング准将が彼らのために怒っているとするならば、ロジャース家の面々が味わったのと同じ目にハッチを遭わせているわけだから、彼は頭がおかしいと思った。

「多くの馬車や馬で近隣の農地を踏み荒らしているが、許可は取ったのか」

「……い、いいえ」

「迷惑行為であるという自覚がないのか？」

「そんな、だって……」

我々は国のために尽くしている。聖女を護送するという栄誉ある任務に就いているのだ。迷惑行為だなんてありえない。むしろ下々の人間が協力を拒むのならば、それこそが迷惑行為である。聖女護送は何よりも優先せねばならないことなのだから。

農地を数日借りたくらいのつまらないことで、なぜここまで責められなければならない？　別にやつらから取り上げるわけではないのだ。大体、こんな辺鄙なところにあるクソみたいな土地なんか欲しくもない。こちらから願い下げである。

それにそう――このあばら家だって、ハッチからすればクソ以外の何ものでもなかった。どうして自分がこんなみっともない貧乏家屋に、数日とはいえ寝泊まりせねばならないんだ？

田舎者に道理を説いてみても仕方ないから勘弁してやったが、この家の持ち主には「まともな住居も用意できないのか」と説教してやりたいくらいだった。――聖女様をお泊めするのだぞ、恥を知れ、と。こんなボロ家しか提供できなくてお恥ずかしい、死にたいくらいです、すみませんと言ったらどうなんだ。

食べものもろくにないのです、どうか罰してくださいと頭を下げろ。あの中年のばあさんが「給仕をしましょうか」と申し出なかったことにも、今さらながらに腹が立っていた。

実際はハッチが問答無用で追い出したわけだが、そんなのは関係ない。ロジャース家の面々がもっと気が利いたならば、へりくだってそういった申し出をしたはずである。

自分は悪くないという気持ちが湧き上がってきた。

それは賊に脅かされて数日足止めを食っている現状への苛立ちが転嫁されたものだったかもしれない。とにかくこんなのは理不尽だとハッチは思った。

ハッチはやけっぱちになり、ラング准将を睨みつけた。

しかし威勢の良さは目が合うまでで、狼のような冷徹な瞳に見据えられ、すぐにしゅんとして俯いてしまう。一瞬前までの悪態はしぼむようにどこかへ消え失せた。

どうしていけないのかは分からないが、ラング准将がいけないと考えている――そのルールだけは理解できた。

「旅がすべて終わったあとに、この件は聴聞会にかける。曖昧には済まさないぞ。覚悟しておけ」

「なぜですか、なぜそこまで」

「お前がしたことはただの強盗だ」

「そんな……私は任務で……」

「立派な隊服を着て、国家の一大事を騙って、なおさら性質《たち》が悪い。相手が普通の強盗だったならば、ロジャース家の方々も、遠慮なくお前を殺すことができただろうからな」

ラング准将は余罪を疑っていた。ここへ辿り着くまでにどれだけの無体を働いてきたのだろうか。

本来ならば取っ捕まえて牢屋にぶち込んでやりたいところだが、指揮官を交代している時間的余裕はない。そもそも簡単に代えの人材が見つかるようなら、ハッチがこの任に就いてはいないのだ。

この状況の中、聖女を一刻も早くウトナにお連れしなければならない。ハッチには責任を持って仕切ってもらわなければ困る。

しかし同じことを繰り返さぬよう、下手なことをしたらラング准将に殺されるという恐怖を、しっかりハッチに植えつけておく必要があった。言い聞かせて分からない馬鹿なのだから、痛みで教え込むしか方法がない。

ここ最近善良な人間ばかりと接していたので、ラング准将自身も少々平和ボケしていたのかもしれなかった。現状ひどく気分が悪く、抑制を失いつつある。

思考がどうしようもなく暴力的な方向に流れていくのを、止める術がなかった。そして止めてはいけないのだろう。

ラング准将の中に躊躇《ためら》いを見つければ、こういう輩《やから》はずる賢くそれに気づく。道徳観念に欠けた連中を抑え込むには、絶対的な力を見せつけなければならない。

一緒に旅をするのであれば、近くで目を光らせることも可能なので、ここまでしなくてもよかった。しかし聖女がふたり現れたことで事情が変わった。アリス隊とはレップを出たあとでふたたび袂を分かつので、それまでに骨の髄まで分からせておかねば。

「――立て、ハッチ」

促すが、背骨が抜けてしまったかのようにグニャリとしていて立てない。ラング准将は蹲《うずくま》った小男を冷たい目で見おろした。

「椅子を持って来い」

壁際で気配を消していた部下連中に命じると、一脚、ラング准将が腰かけるようにと、そばに置いて離れて行った。

「この男のぶんもだ。支えて座らせろ」

命じ、自身は立ち上がり、腕組みをした姿勢で睥睨《へいげい》する。

三名の部下は顔色も悪く、そそくさともう一脚準備して、ハッチを抱えるようにしてそこへ腰かけさせた。ハッチは糸の切れたマリオネットのように首をクタリと項垂れて、虚ろな目をしている。

……どうしたらしゃんとするんだ。

ラング准将は呆れ果てたが、緩んだ気配を見せるとつけ上がるのは分かっていたので、側近どもに冷ややかに告げる。

「どうにかしてこいつを正気に戻せ。水でも飲ませて」

「承知いたしました」

「長くは待てない」

ラング准将の言葉に圧を感じて、三名の部下は焦った。

グラスに水を注ぎハッチの口元へ運び、首から上を盆で扇《あお》いでやり、胸元をくつろげ、声をかけてなんとか正気に戻そうとする。そのさまはまるで、貧血を起こした貴族令嬢の世話を甲斐甲斐しく焼く侍女のようだ。

彼らは必死だった。ハッチがしゃんとしないと自分たちもラング准将に殺されると恐れていた。

ラング准将はその馬鹿げた騒動を後目に、傍らにあった椅子の背を持ち、ハッチからそう離れていない場所に据え直す。そうして腰を下ろし、膝に肘をつくようにして前傾姿勢になった。

するとその時、奥の扉が開き、屈強な大男が出て来たのが視界の端に映った。

――キング・サンダース。アリスの側近で、彼女にもっとも近しい人物。

サンダースは扉を背にして佇み、きつい目つきでこちらを睨みつけている。

番犬気取りか……ラング准将の口角がそうと気づかれないほど微かに持ち上がった。それは笑みというには冷たく残酷な表情。

いいだろう。お望みとあらば白黒つけてやる。ただしお前はあと回しだ。

戦場に多く出ている者ならば、ラング准将のこの顔を見たら、決してそばには近づかない。リスキンドなら血の気が引いて身を隠しているところだ。

しかしここの連中はラング准将に恐れを抱いているふしはあったが、まだ認識が甘かった。今自分がどれだけ危険な状況にあるかを、まるで分かっていない。

もしも正しく悟れていたならば、外のつまらない盗賊風情に怯えたりはしなかっただろう。ラング准将を敵に回すよりも、外敵を相手にしていたほうがまだマシであるからだ。

いくらかハッチがまともになったのを眺め、ラング准将が声をかける。

「――さて、そろそろ話を聞こうか」


「直近の都市キャデルを発ったのが三日前のことです。キャデルにて我々は『近頃セイル地方を荒らしている盗賊団がいる』との噂を耳にしました。盗賊団は規模も大きく、腕が立ち、とても残虐であると」

セイルはこの先の山間部及び平地のエリアを指す。

ラング准将は聞いていて呆れ果ててしまった。

「それでお前は何を恐れているんだ」

「我々は聖女様をお運びするのが任務です！　盗賊の駆除は本来、キャデルですべき仕事でしょう？　どうせ暇なのだから、そのくらいすべきだ！」

暇なのだから、か……問題はそういう物言いだろうとラング准将は思う。

「しかしお前の率いる隊は、地方組織とは比ぶべくもない大所帯だぞ。キャデル側からすれば、それだけご立派な編制ならば、通り抜けるついでに片づけて行ってくれと考えるのでは？」

「そ、そうなのです。恥知らずにもキャデルを統括している代表がそう言い放ち――」

「そのとおりだろう。お前の隊の規模で抑え込めないなら、誰であっても不可能だ」

「しかしやみくもに突っ込むのは大変危険でありますし」

「危険だからと隠れていたら、状況が好転するのか？」

「ですからラング准将をお待ちしておりました」

「――おい、冗談だろう。私とリスキンド、たった二名の騎士で盗賊団をなんとかしろと？」

「我々よりもラング准将のほうが明らかに適任であり――」

「……盗賊がやる前に、いっそひと思いにお前の息の根を止めてやろうか」

ラング准将の纏う空気がふたたびピリつき始めた。

ハッチは慌てて口を閉じ、椅子の背に上半身を押しつけた。これ以上は後ろに下がれないというところまで身を引かせる。また首を絞められるのはごめんだとばかりに。

「お前は自分の主張が『おしめが替えられない』と泣き喚いているのと同じレベルだと自覚しているのか？」

「そ、それはしかし――」

「王都帰還後、懲罰にかけられる内容がどんどん増えていくな」

ラング准将の声は地を這うように低い。竦《すく》み上がるハッチを眺め、ラング准将はため息を吐く。

「話が進まないからこのくらいにしてやる。それで――自分ではできないと悟り、なぜ改めてキャデル側に助けを求めなかった？　彼らも『キャデルだけでなんとかしろ』と言われれば反発したかもしれないが、土地勘があるだろうから助力いただきたいと丁重に頼めば、力を貸してくれたはずだ」

キャデルの総督とは面識がある。気骨のある人物であるから、ハッチの馬鹿げた甘えが腹に据えかねたのであろう。しかし彼は臆病な人間ではないし、責任感もあるから、近隣を荒らしている盗賊がいるなら捕縛したいと考えるはずだ。

「それは、関係がかなりこじれてしまっており、協力を求められる状況になく……」

「つまり横暴な振舞いをして怒らせたんだな」

「私のせいではありません。あちらが不敬であったのです」

「お前は救いようのない馬鹿だ」

ラング准将は考えを巡らせた。……おそらく自分なら協力を取りつけられるだろう。

しかしそれが妥当なのか？　と疑問にも思うのだ。烏合《うごう》の衆とはいえこれだけの兵力――ハッチはやはり自身の部隊のみで対処すべきだった。

しかしこの男には無理だろう。まったく業腹だ。

「セイル地方を抜けるまでのあいだ、私が指揮を代わってやる」

「ラング准将……」

ハッチが涙ぐんでラング准将を見つめる。プライドも何もない。代わってくれて大助かりだった。

ラング准将は年上の冴えない男に縋るように見つめられて、大層気分が悪かった。

「右回りの平地ルートで爆発音がしたと聞いたが」

「そうです。敵は恐ろしい武器を有しています」

「それは単に山間部へ誘導する手口だ。平地なら楽に突破できる」

「しかし山間部のほうがこっそり移動できるから安全なのでは」

「そう思うなら勝手にしろ」

「いえ、お任せします」

お任せするならいちいちつまらない反論を挟むなと言いたくなる。おそらく拍子抜けするくらい簡単に平地部を突破できるはずだ。

手強い盗賊と言うが、装備も何もない田舎の部隊が苦戦するレベルの話だ。これだけの編制で急ぎ突破してしまえば、どうこうされるはずもない。

本当にハッチはおしめが取れていないのではないかと、ラング准将は本気で訝《いぶか》しみ始めていた。こうなってくると、ハッチにはおしゃぶりを咥《くわ》えさせておく必要があるかもしれない。


「――財布を出せ」

話は済んだので、話題を変える。ラング准将がそう促すと、ハッチは目を丸くして固まった。

「は……え？」

その間抜けヅラは見飽きた。ラング准将は冷ややかな表情を浮かべたまま手を差し出す。

「近隣の補償に充てる。すべて出すんだ。お前のポケットマネーからな」

ハッチは強盗に遭った小市民の気分だと心の中でぼやきながら、従順に財布を取り出した。それでも往生際悪く自分で金額を決めようとしたら、ラング准将に財布ごと取られてしまった。ズバッとすべての札を抜かれ、空になった入れものだけ投げ返される。

「お前たちもだ」

壁際に下がっていた側近たちは慌てて財布を取り出し、中からすべての札を抜いてラング准将に差し出した。彼らはいくらかハッチよりも利口であり、金を惜しんでラング准将に殺されるのは絶対にごめんだと考えていた。

ラング准将は大金を巻き上げたあと、内ポケットにそれを納め、チラリと窓のほうに視線を走らせた。

微かに片眉を上げた彼は、すぐに何食わぬ顔で視線をハッチに戻した。

「私は少し席を外すから、速やかに退去の手筈を整えろ。汚した部分は綺麗に掃除するのを忘れるな。のんびりしている時間はないから、全員床に這いつくばって、こまねずみのように働け」

号令により皆が動き出そうとした時、サンダースの巨体が動いた。

——来たか、とラング准将は思った。

元々、王都にいた時からこの男は深い怒りを抱えていた。しかし一応は立場をわきまえて、ラング准将に対しても従順に振舞ってはいたのだ。それは旅の前に問題を起こしでもして、隊から弾かれては困ると考えていたのかもしれない。

しかしこうしてラング准将がアリス隊から外れてしまえば、彼の中ではもはや恐《おそ》るるに足らずといった心境なのだろう。なんならここで力の差を分からせてやるくらいの心積もりでいるらしいのが、サンダースの不遜な顔から伝わってきた。

床を大足で踏みしめるようにして、サンダースがラング准将の真ん前に立つ。

頭ひとつ以上高い。そして横幅は二倍近いボリュームの差があるかもしれなかった。

サンダースは絶対的な自信を持って、傲慢にもラング准将を見おろした。

「勝手を言わないでいただきたい。アリス様はすぐに発てる状態にない」

「すぐにここを出る。これは命令だ」

「私が聞かなければならない理由はないと思うが。とにかくアリス様に無礼な物言いだ」

「ならば彼女には私が直接話す。そこをどけ」

「断る」

サンダースがラング准将の肩を摑んだ。力を込め、跪《ひざまず》かせようとする。

ラング准将は顔色ひとつ変えず、片手で狼藉者の腕を摑んだ。丸太のように太いサンダースの腕の骨がミシ、と軋む音がした。

そこからの動きはあまりに速く、部屋にいた全員が目を凝らしていたにもかかわらず、何が起きたのか正確には把握することができなかった。

ラング准将の体が微かに沈んだと思った瞬間——サンダースは膝裏を小気味よく蹴られ、叩きつけるような勢いで床に膝を突かされていた。膝の皿が割れるような凄まじい勢いだった。

ラング准将はサンダースの背後を取り、手のひら全体で首を押さえ込む。急所を完全に掌握していた。サンダースを生かすも殺すも彼次第だった。

ラング准将の顔は半分影になり、表情はよく窺えない。

しかし全身から放たれる圧はあまりに禍々しく、室内にいた全員が知らず鳥肌を立たせていた。サンダースは抗おうと身を捻る素振りを見せたが、少しも動くことができなかった。まるで大岩に肩、首、頭、手、足、すべてを抑え込まれてしまったかのようだった。

実際のところは、サンダースが身体を動かそうとするたび、少しの体重移動でラング准将がそれを制していた。それにより何ひとつ動かせていないように見えたし、当のサンダースですらそう感じているのだった。

サンダースのこめかみを脂汗が伝って落ちるのを眺めおろしながら、ラング准将が静かに告げる。

「すぐにここを発つ。私の言葉が理解できたか」

「……う……」

「返事をしろ、サンダース。私はこう見えて、気が長いほうではない」

普段怒らない彼がそう言うと、別の意味で恐ろしさがあった。

これまでは好き勝手に怒りを発散し、虎のように暴れていたサンダースは、猫の子のように肩を震わせた。

「……分かり、ました……」

「私がアリスに直接話す必要はないな？」

「あり、ません……」

「五分で支度させろ。くれぐれもお行儀良く、部屋は片づけて出るように」

「承知しました」

——アリスは扉を薄く開き、居間で繰り広げられている異様な光景を眺めていた。

押さえつけられているサンダースを見つめ、ほぅ、と熱い息を吐く。

それからすぐに視線を移して、ラング准将の端正な横顔を食い入るように見つめる。扉を押さえる指に力が入り、息遣いが不埒に乱れた。

ラング准将は俗世のしがらみなどまるで興味ないとばかりに、サンダースの首根っこを押さえていた腕をゆっくりと放した。

そうして瞳に酷薄な色を浮かべ、振り返ることなく部屋を出て行った。

＊＊＊

玄関から外へ出る。

北壁のほうへぐるりと回り込むと、ミセス・ロジャースが簡素なドレスの裾をからげ、赤面しながら壁から離れるのが見えた。

ラング准将は彼女が窓の下で盗み聞きしていることは承知していたので、その仕草には特に驚かなかった。そして大人の気遣いとして、何も指摘しないでおくことにした。

ちらりと横目で確認すると、窓が微かに開いている。

こちらの会話を向こうに聞かれるのは上手くないので、優雅な仕草で静かに両開き窓を閉めた。家の中にいる馬鹿どもが、ロジャース家に変な逆恨みをしても困るからだ。

ミセス・ロジャースは覗き行為がバレていたと悟り、さらに顔を赤くして俯いてしまった。

「ミセス・ロジャース、お待たせして申し訳ありません。――こちらへ」

彼女を促して敷地の北奥へ向かう。木陰に立ち、彼女と向き合った。

「まずこれを」

内ポケットから現金を取り出し、差し出す。ミセス・ロジャースはあまりの額の多さに手を震わせながら受け取った。

「あの、こんなに……たくさん」

「不快な思いをさせてしまい、本当に申し訳ありませんでした。近隣の皆様にもよろしくお伝えください」

「私……なんと言ったらいいか……」

「すぐに隊はこちらを発つ予定です。しかし」ラング准将の顔が微かに曇る。「ここからほど近い山間部に、盗賊が居着いているとか」

「ええ、そうなんです。私どもは、いつ襲われるか気が気ではなく」

「これまでご無事だったのが奇跡のようですね」

あなたはこれまでよく襲われませんでしたねと言うのは心苦しくもあったが、ラング准将としてはその点を確認しておかなければならなかった。

この状況はあまりに不可解であったからだ。

「盗賊団は近隣都市キャデルの目を警戒しているのだと思います」

なるほど……ハッチが喧嘩別れした通過地点キャデル。この辺りはまだキャデルの管轄なので、盗賊団も下手に荒らして、反撃を受けるのを警戒していたのだろう。

「キャデルの総督はなぜこの状況を放置していたのでしょう？」

「ここから先の山間部セイルはまた管轄が変わり、北向こうの都市『レップ』が治めているのだそうです。当家があるこの一帯はキャデルの管轄なので、総督としては、付近の安全のために討伐も検討していたようですが、よその管轄にまで勝手に手を出すのは……ということらしくて」

「それでもキャデルの総督はやりそうですけれどね」

対し、レップの反応は冷ややかだろう。

自身に火の粉がかかるようならなんとかするだろうが、裏手の山間部が荒れていようが、レップには影響なしとみなしている。配置的には確かにセイル地方が荒れて迷惑するのは、レップよりもキャデルのほうであろうから。

ラング准将は面倒事の気配に頭を痛めた。

「――アリス隊のせいか」

「え？」

「タイミングが悪かったですね。聖女の移動があるので、キャデルは兵を動かせなかった。それにより盗賊が山間部に居着いてしまった。――聖女隊を指揮するハッチはキャデルの総督を怒らせたので、キャデルは意地でもハッチを助けようとしない。現に静観の構えを取っています」

「私どもはどうしたら……」

「これから私がハッチの隊を代理で指揮します。右回りの平地のルートを突っ切るつもりです。止まっている時間的余裕はないので、山間部を根城にしている盗賊は討伐されないまま残されることになります」

「そんな……」

「私たちが通過すれば、キャデルの総督はきっと討伐に動くはずですが……しかし心配ではあるので、私のほうで彼に宛てて手紙を書いておきます。おそらく私の頼みならば聞いてくれるはずです。すぐに討伐隊がやって来るでしょう。手紙の投函を頼めますか？」

「ええ、もちろん。お手紙を書いていただけるだけでも、助かります」

「ただひとつ気になるのが……」

　少しもどかしく感じながら、正直に状況を説明した。

「アリス隊がここに三日ほど滞在したことなのです。彼らの所持する金のかかった馬車や装具を見て、盗賊団が欲を出していないといいのですが」

「襲って来るということですか？」

「滞在中、アリス隊はかなりだらしないさまを見せていますので、不安ではあります。盗賊はキャデルを警戒しているようですが、それは長期でここを根城にする場合でしょう。もしもすぐに引き払うつもりなら、あと先考えずに攻めてくるかもしれません。特にこれだけ金がありそうな太った鴨がいると、一か八かの急ぎ仕事に乗り気になっても不思議はない。ハッチの隊は今かなりだらけ切っているので、不意を突かれればかなり危険だ」

「あの……実は、山間部からこっそり下りて来られる裏道があるのです。それだと、この地区の西側から接近できます」

「横腹を突かれる形ですね。その道は地図にはなかったはず」

「地元の人間しか知りません。けれど盗賊団の連中は、こんな辺鄙な場所に居着いたくらいですから、土地勘のある人間を誰か引き込んでいるのかも」

状況は非常に緊迫しているように思える。ハッチの間抜けのせいでとんだことになった。

このままぐに発って、もぬけの殻になったこの地方を盗賊団が襲ったら？

上がりが見込めないとなれば、腹が立っている彼らは何をするか分からない。しかしここの住民のために、聖女を連れて危険な山間部を移動し、賊を排除してやることもできない。

ハッチを本格的に殺したくなってきた。

さてどうするか——。

我々は先を急いでいる。なんといっても国の一大事である。

しかし襲われると分かっているこの地域を、無情にもほったらかして発ってしまうのは人道に反する。

消去法でいけば、ラング准将がキャデルの総督に頭を下げて部隊を派遣してもらい、そちらが着き次第ここを発つという方法しか選択肢はなさそうだ。

危険区域で敵を迎えねばならぬこの状況——祐奈も危ないし、できれば避けたいところだが——。

しかしやはりミセス・ロジャースの不安に曇った顔を見ると、見捨ててはおけない。

ラング准将が口を開こうとした、その時。

通りを挟んだ向こう側——西の方角から叫び声が上がった。

ラング准将はミセス・ロジャースにしばらく隠れているよう指示を与え、急ぎ騒動の渦中に向かった。

南北に走る通りの西側は、長閑《のどか》な田園風景が広がっていた。農地の奥のほうは常緑樹が生い茂っている。敷地はなだらかに下っており、通りからは木々の頭が見えるくらいで、向こう側がどうなっているのか見通すことができない。

多数の馬車や馬が我がもの顔で畑を踏み荒らし、そこここにだらしなく居座っていた。配置も何も考えておらず、ポツンポツンと乱雑に捨て置かれているかのような有様だ。その合間に宿泊のためのテントが張られ、秩序もへったくれもない。緊急時に初動が遅れる要素がてんこ盛りだった。

そして夫人の懸念は当たっていた。

西側の森の奥から賊の群れがわらわらと湧き出て来て、騎士隊の不意を突いて一気に襲撃を仕かけてきたのだ。

すっかり緊張感を欠いてダレて散開していたところを、側面から叩かれている。

最悪の状況だった。

これを立て直せるくらいに気概のある部隊ならばよいのだが、元々が烏合の衆であり、ラング准将の指揮下でなんとか形ばかり纏まっていただけなので、非常事下においては実力不足がはっきりと露呈してしまう。

おそらくハッチは自分におべっかを使ってくる太鼓持ちばかりを側近に引き立てていたのだろう。現にミセス・ロジャースの家にいた三名はラング准将が重用していなかった者たちだった。

使える人間を下げたので、その者らはやる気を失くしており、このおかしな状況でも物申さずにいたに違いない。組織自体が腐ってしまっている。

……まぁ意見したところで聞く耳を持たない上官であれば、早々に諦めてしまったとて、彼らを責めることはできない。疎まれてクビになるよりは、だめな指揮官に形ばかり従ってそれなりにやっていれば、日銭は稼げる。

ラング准将は西に向けて走りながら素早く状況を見て取っていた。

――祐奈たちがいる馬車の安全は確保できているか？

幸いにも、彼女がいる場所は戦場からかなり離れている。元々アリス隊が溜まっている手前で馬車を停めていたので、巻き込まれずに済んでいるようだ。リスキンドがついているので当面問題はないだろう。早期に争いを治めることが、祐奈たちの安全確保に繋がる。

――こちらの隊は総勢四十五名強。

今戦闘に参加しているのが二十名ほど。かなり横長に広がっており、とにかく士気が低い。あとは遠巻きに、ただ眺めてオドオドしている者が十と少し。残りはどこかへ雲隠れしている。

――もしかすると馬車の下にでも潜り込んでいるのか？　まったくどうしようもない。

対し、敵の数は二十弱。

傭兵崩れか。剣筋が甘いが、それを言い出したら、こちらの構成員も似たり寄ったりである。戦い慣れているぶん、向こうが有利だろう。

数では勝っているはずだが、勢いがまるで違う。こちらの負けムードは色濃い。

もう少ししたら馬で我先に逃走を図る連中も出てくるに違いない。とにかく早期に決着をつけねばならなかった。

――正直なところ、リスキンドと自分ならそう時間をかけずに制圧できるだろう。

しかしリスキンドには祐奈の護衛をしてもらう必要がある。それは絶対条件なので、ここはラング准将とこの愉快な仲間たちでなんとかしなければならない。

味方が頼りにならないこの状況では、敵が多方向に散っているのが厄介だ。全員が自分のほうに向かって来てくれれば、ことは簡単なのだが。

怒号、剣戟《けんげき》の音が響いている。

小競り合いはチマチマと展開されていて、戦況はかんばしくない。あちらは威勢が良く乗りに乗っている。対しこちらは腰が引けて、悲鳴めいた叫び声がそこここで上がっていた。

そんな中、十時の方角で爆発音と火の手が上がった。――爆薬か。

轟音と爆発の威力は、実被害以上のダメージを隊に与えた。皆竦み上がっている。

ラング准将が前線に出る前に、こちらに走り寄ってくる影がふたつ――マクリーンとスタイガーか。これはいい。

「マクリーン、演習のBパターンを覚えているか」

「はい」

「右手深くから回り込め。緊張するな。演習どおりで問題ない」

「承知しました」

「スタイガー、お前は部下を幾人か連れて私と来い。最前線だ」

「光栄です」

マクリーンとスタイガーは馴染みの隊員に声をかけて、ラング准将の指示どおりに隊を展開させる。

一応形は整った。ほかのメンツは遊んでいても問題ない……が。

給料をもらっているのだから楽ばかりされるのも困りものだった。

ラング准将は足を止め背筋を伸ばした。戦場を見渡し、厳しい声で号令をかける。

「――エドワード・ラング准将がこれより指揮を執る！　マクリーンとスタイガーが副将だ、彼らの指示を仰げ！　全員シャキッとしろ！」

何名かの気骨のある隊員が号令に答えて鬨《とき》の声を上げた。いくらか士気を盛り返したようで、それに続く者がいる。

しかしこれ以上は望めまい。ラング准将は綱渡りを強いられていた。この微妙な緊張感はいつ切れてもおかしくなかった。

逃げようとする人間が出始めれば、その混乱でこちらの陣はどんどん崩れていく。

最終的に負けることはないだろうが、被害は甚大になるだろう。アリス隊にダメージを残せば、ラング准将も巻き添えを食う可能性があった。

上層部は祐奈をサブ扱いしており、いざとなったら切り捨てる目論見であるので、最悪祐奈は護衛なし、ラング准将とリスキンドもアリス隊に吸収されてしまう恐れもある。

もどかしさに焦りを覚えた。

ラング准将が戦場でここまで追い詰められることは滅多にない。しかも戦敗そのものではなく、戦いのあとに待っているであろう、下らない政治的な駆け引きの結果を恐れている。

とにかく時間が勝負だった。あとひとつでも何か悪い要素が加われば、決壊する。

ラング准将はひとり目の賊とすれ違いざま、目にも止まらぬ速さで剣を横に薙《な》いだ。

血飛沫《ちしぶき》が辺りに散る。全身から漏れ出る殺気に、周囲から音が消えたかのようだった。

ラング准将の欠点は強すぎることだ。――彼を中心に、人の輪が外へ外へと大きく広がり始めていた。

＊　＊　＊

時は少しばかり遡り――。

外から怒声が響いてきたため、馬車内で待機していたリスキンドが腰を上げた。

「祐奈ちゃん、ここにいてくれる？　俺は外に出て状況を確認するけれど、馬車の前からは絶対に離れないから安心してくれ」

「はい」

祐奈が短く返事をすると、リスキンドは外に飛び出して行った。

カルメリータが祐奈の手を取り、祈るように握り締めてくれる。

番犬役のルークは勇ましい顔で『俺が外に出て、やってやってもいいんだけどな』感を醸し出したあと、ちょこんと床にお座りした。

一瞬開いた扉の向こう――西側に広がる農地に、いくつもの動く人影を認めることができた。

しかしリスキンドが外から扉を閉めてしまったので、すぐに何も見えなくなった。

暴動だろうか……一体何が起きているのだろう？

怒号に悲鳴じみた叫び。金属同士がぶつかる音。アリス隊の馬車を襲撃しているのか、板を蹴るような鈍い音。

そのうちに爆発音が響いた。

カルメリータが悲鳴を上げて抱き着いてくる。

爆薬？　大砲？　よく分からないけれど、怖い――。

ラング准将は外にいるのだ。彼のことだから前線にいるのかも。

今の爆発で怪我をしていないだろうか？　ラング准将が強いのは知っている。けれど彼だって人間だ。無敵なわけじゃない。

祐奈は呼吸を整えた。そして腹を括った。

「――カルメリータさん」

「祐奈様」

「私、外に出ます」

「いけません！」

「攻撃魔法が使えます。出ます」

祐奈は一歩も退かなかった。カルメリータが怯えた視線を向けてきたが、やがてごくりと唾を飲み込んだ。

「それならば私も」

「いいえ。リスキンドさんが護ってくれるので、外に出るのは私ひとりのほうがいい」

「……分かりました」

カルメリータもそのとおりだと思ったのだろう。さすがのリスキンドも女性ふたりを屋外でかばっていては、実力の半分も出せない。

祐奈は扉を開けて外に飛び出した。

リスキンドは北西の方角を眺め、馬車前で戦況を分析していた。――一番近い賊でもここから数十メートルは離れているので、まだこの付近は安全地帯だが、問題は前線。

祐奈は彼の視線を辿り、戦場の様子を見て啞然とした。

敵の数が思っていたより多い。ざっと見ただけでも十から二十名はいる。いや、でも――正確なところはどうだろう。死角も多く、すべてを見て取ることはできなかった。

開けた農地で戦闘が行われているので、ある程度遠くまで見通すことができるのだが、右手にアリス隊の馬車がゴチャゴチャと停まっていたり、手前にいる人の陰になったりで、奥のほうはよく見えない。

ひとつ確かなのは、敵味方共にかなり広範囲に散らばっていること。これはあまり良くない状況に思えた。

ラング准将は手練れであるが、ここまで戦場が横に間伸びして広がっていると、ひとりだけ強い人間がいてもあまり意味がないだろう。末端の隊員が効率良く働きを見せる必要がある。

しかしアリス隊の騎士は戦闘に不慣れなのか、腰を抜かしているらしき者もチラホラ見受けられた。

リスキンドが厳しい顔つきでこちらを振り返る。

「出てきちゃだめだ、馬車の中に戻って！」

「いえ、私、手伝います。攻撃魔法を使えますので」

「だけど」

「お願いです。ラング准将が心配なので」

馬鹿げた発言だった。弱い祐奈が百戦錬磨のラング准将を気遣っている。

しかしリスキンドは撥ね退けなかった。こうなった時の祐奈の強情さを知っているからだ。

「――ここから遠隔で攻撃できる？」

「やったことはないのですが……たぶん。距離は問題ないと思います。でも高い所から見たい」

横の動きならこの位置からでもある程度目で追えるが、縦の動きがまるで把握できない。視線が上がれば奥行きも見て取れる。

頭の回転が速いリスキンドはさっと視線を走らせ、背後の馬車を見遣った。

「ちょっと待ってて」

リスキンドは身軽に御者台に飛び上がり、壁面の取っかかりに足をかけて、屋根の上にヒラリと飛び乗った。

御者席が空なのは、リスキンドが御者に声をかけて、後方の荷馬車の中に隠れているよう命じたためだ。

屋根上から手のひらを差し出してくれたので、祐奈も彼の真似をして、一度御者台に上がってから、リスキンドの手を握って上に引き上げてもらった。

きっと中にいるカルメリータとルークは、頭上でドタバタと足音がして、目を白黒させていることだろう。

――視界が一気に開ける。

風が強く吹いていた。先ほどの爆発により起きた煙が、東に向かって流れていく。

人がごちゃごちゃと交差していた。

上部から見おろすと、なんだか戦闘そのものがのったりして見えた。それは素人に近い人間が戦っているせいかもしれない。

ふと戦場の一角だけ異様な気配を放っていることに気づいた。首筋に剣先を突きつけられたような、ぞくりとした感覚。

――ラング准将だ。

はっきりとは聞き取れないが、彼が号令をかけて、部下を鼓舞しているようだ。

彼の周りだけ空気が違う。まるで台風の中心みたいだった。静かに見えるのに、刹那的で凄まじいエネルギーを秘めている。

「速い……」

斬り込むスピードがほかとまるで違う。彼だけ別の次元で生きているかのようだ。

しかし最前線。

祐奈はぞっとした。

爆発物のたぐいを敵がまだ持っていたら？　きっと一番強い彼が狙われる。

早く――早く決着をつけなくては。

焦っているあいだに森の奥からさらに賊が湧き出して来た。

リスキンドが思わず歯噛みする。

「うわぁ、まずいな——現状で敵が二十。さらにあれで十弱追加。味方が逃げ始めると、一気に劣勢になるぞ。ラング准将であってもどうしようもない」

祐奈はほとんど無意識のまま左手を高く上げていた。左手首に嵌めているゴールドのブレスレットが陽光を淡く反射する。

風が吹き抜けていく。

戦場を眺めおろしていると、時間の感覚が曖昧になった。トランス状態に近い。

天空と地と、それを繋ぐ真っ直ぐなライン。

キーワードを口にすれば——扉が開く。

『——雷撃——』

ふわりとした粒子のような光が祐奈の全身を包み込んだ。

それが収束する、指先へ——

そして空間を飛んで、外へ——

新たに雪崩れ込んで来た十名弱——その先頭にいた三名が、頭上にて異変を感じた。

パチ、と何かが弾ける音。抗う術もなかった。

とてつもない衝撃が上から下へ、全身を走り抜けた。閃光と痛み。

三名が白目を剝いて、膝から崩れ落ちた。

＊　＊　＊

ラング准将は新たな賊が乱入して来たのを見て、小さく舌打ちを漏らしていた。

数が拮抗してきた。そして向こうは剣筋こそ粗いものの、戦い慣れしている。

広い――うんざりするほどフィールドが広かった。ここまで戦場が横に広がってしまっていると、ラング准将ひとりではどうにも収拾のつけようがない。

しかし泣き言を口にしている暇はなかった。戦場では一瞬の空白が命取りだ。できることをひとつずつ処理していくしかない。

剣を握り直したその刹那――天空から裁きの雷が降りてきた。

ラング准将は祐奈を残してきた方角を反射的に振り返った。

馬車の上――。

華奢なシルエット。黒いヴェール。傍らにはリスキンドが控えている。

彼女は真っ直ぐに左手を上げていた。

ラング准将の口角が微かに上がった。

「――勝利の女神だ」

敵は不意を突かれ浮き足立っている。

ラング准将の体が前傾に深く沈み――誰も追うことのできない速さで、まるで死神のように密やかに、敵陣の真っ只中へと斬り込んで行った。

「……ヴェールが邪魔」

祐奈は微かな苛立ちを覚え、瞳を細めた。

「リスキンドさん、倒すべき敵の位置を教えてください。目は悪くないのですが、私は広い視野を持っていません」

問題ない地点に介入すると、それはそれでラング准将たちの邪魔になってしまう。紗も視界を狭めていたし、動体視力の問題もある。

――餅は餅屋ね、と祐奈は考え、リスキンドに託すことにした。

「ＯＫ」

リスキンドは馬車上で膝を折った。腰を落とし、素早く戦場を一瞥する。

「一時の方角――ごちゃごちゃと人が固まっている場所」

今の祐奈は常時開放状態にあった。一撃目で雷撃を引き出し、そのまま待機状態を維持している。

標的を定めれば、すぐに落とせる。

リスキンドが指示した地点で、敵のひとりが電気ショックを受けてパタリと倒れた。

今にも斬りかかられそうだった年若い騎士が、涙を浮かべて茫然としている。状況がよく分かっていないようだ。

「二時の方角。ここから百五十メートル先」

閃光。電撃。

風がさらに強くなった。

祐奈は顔にまとわりつくヴェールを煩わしく感じた。思わずそれをからげ後ろに回す。

右手の肘内側を鼻の辺りに押し当てて、顔の大部分を隠した。

「あそこがまずいな。左――」

「どこですか？」

膝を突いているリスキンドは祐奈が今見ている場所を一旦確認しようと、右脇に佇む彼女を仰ぎ見た。

すると祐奈の横顔が視界に入った。

彼女は右肘で鼻から下を覆い隠していた。しかし形の良い眉と、黒曜石のように神秘的な瞳が陽光に晒されて輝いているのがしっかりと確認できた。

表情は険しい。しかしその姿は清廉で美しく、戦を司る女神のようだった。

リスキンドは一瞬唖然とし――すぐに視線を外して意識を切り替えた。

「九時の方角。三十メートル先」

「了解です」

口元を覆っているので、声が微かに籠もっている。

裁きの雷が落ちた。

おそらく彼女は力の三十パーセントも出していない。一番弱い、敵が気絶するレベルの力で、方向、距離を完璧にコントロールしている。

神業だった。

リスキンドは魔法を使えるわけではないのだが、己の体で剣を操り、戦場に何度も出ているから、祐奈のすごさが分かる。

結局のところ、剣術も魔法も根っこの部分は同じだろう。頭の中でいかに具体的にイメージを描けるか。あとはそれを精密に展開するだけ。

「……参ったね」

思わず感嘆の呟きが口から漏れ出る。

リスキンドにとって女の子は、口説く対象であり、性愛を向ける相手でしかなかった。

しかし彼女はそれとは違う。尊敬できる友人であり、かけがえのない旅の仲間――そんな相手ができるとは思ってもみなかった。

血生臭い戦場にいるのに、吹き抜けていく風があまりに爽やかで。

リスキンドは日向ぼっこする猫のように瞳を細めていた。しゃがんだまま落ち着いた声音で指示を送る。

「祐奈っち、十二時の方角」

「了解」

本日は晴天なり――。

戦場の混乱は収束しつつあった。

＊　＊　＊

あらかた戦況が落ち着いたところで祐奈はヴェールを元に戻し、ほうっと息を吐いた。

……終わった……。

しかし『もうこれで大丈夫』と思った時が一番危ないのかもしれない。

馬車の屋根から下りて、リスキンドからねぎらわれていると、少し先のほうで叫び声が上がった。

それは獣の断末魔のようだった。苦痛と悲痛を命尽きるまで絞り出したような声。

痛い、だとか、手が、だとか、助けて、だとかが断続的に聞こえてくる。悲鳴の合間を縫って、ものが倒れるような音と怒号も混ざった。

とんでもないことが起きているような気配であるのに、騒ぎの渦中を見ると、騎士たちの動きはなんだか妙に間延びしているように感じられた。

騒動は一向に収まらないし、ずっと長いこと騒がしさが続いている。

……何があったのだろう？

祐奈が身を竦ませていると、リスキンドが少し先まで駆けて行き、状況を確認して戻って来た。

リスキンドは祐奈の護衛役なので、そう遠くへは行かない。彼はただ何が起きているのかざっと見てきただけだ。

アリス隊に何が起きようとも我関せずでいると、こちらに危険が及んだ場合に後手後手になるため、この行動は護衛として正しい選択だった。

引き返して来たリスキンドは珍しく顔を顰めている。

「あの、大丈夫ですか？」

尋ねると、一層表情の険しさが増す。

「うーん……大丈夫ではないけれど」

「え？」

「放っておこう。どうしようもない」

「何があったのですか？」

リスキンドはなんともいえぬ複雑な表情を浮かべてこちらを見つめてくる。

彼がこのように煮え切らない態度を取るのは珍しいことだった。悪い知らせを告げる時でさえ、リスキンドは大抵の場面で躊躇わない人だからだ。

聡《さと》い彼は先のことが色々と予想できてしまうので、祐奈に伝えてしまうことで、厄介なことになりそうだと考えているのかもしれなかった。

「怪我人が出ている。――馬鹿が、油断したな」

「どうして……」

「敵が近くにいるのに気を抜いたんだろう。優勢になったからってありえないよ。戦場にいるのにさ。まるで素人だ」

祐奈とリスキンドのいる位置は、アリス隊の馬車溜まりからは少し離れている。ここは見晴らしが良い場所であるし、戦況もあらかた片づいているので、少しリラックスしても問題はなかった。

しかしアリス隊の騎士たちは違う。

まさに戦場で敵と向かい合っているのだから、完全に鎮圧するまで一切気を抜いてはいけなかった。まだ近くに敵がいるのに、勝った気になってダラけるのは怪我のもとである。

リスキンドは『自業自得』と割り切っているようだが、祐奈としては大人があれだけ泣き喚いているのを聞いてしまうと、気になってしまう。

なんせ自分は回復魔法が使えるのだから。

「あ、今、祐奈っちが何考えているか分かったよ。でもやめときな、と言っておく」

「なぜですか？」

「あのねぇ。あいつらは君を化けもの呼ばわりしていじめた、ロクでもないやつらだよ。図体ばかりでかいくせに、女の子いびって喜ぶってなんなの。クソ馬鹿野郎じゃん。そんなやつがどんなひどい目に遭ったって、同情の余地なんかない」

「でも、私に悪意を向けた人とは別の人かも」

「いいや、そうじゃ――」

リスキンドは何かを言いかけて慌てて口を閉ざした。――彼は誰が怪我をしたか知っているのだ。

それはそうか。

遠目とはいえ、彼は状況を確認するため、渦中の様子を見てきたのだから。目敏い彼にかかれば、短時間であっても色々把握できてしまうのは当然の話だった。

祐奈は口を開きかけ——言葉が出てこなかった。

知りたくない、と思った。誰が怪我をしたのかなんて。そう思うのに、でも……。

「私……回復魔法を使えます」

「だよね。だから？」

「だから、だって……このまま見捨てたら、後味が悪いですよ」

「助けても後味が悪くなるよ。絶対に」

あんまりな言い草に、祐奈の眉尻が下がる。ヴェールで表情は窺えないはずなのに、リスキンドはそれを悟ったようだ。

「やめときなって」

「う……」

「そもそもやつらはアリス隊じゃん。あの馬車の多さ、隊員の数を見た？　アリスはこんなにも手厚く護られているんだよ。その意味分かっている？」

「分かっていますよ。私だって馬鹿じゃないんですから」

「馬鹿だよ、祐奈っちは」

リスキンドが苛々した調子で文句を言ってくる。

祐奈も若干苛っとした。

ば、馬鹿って……まぁそう言われると、馬鹿かもしれないですけど……！

「怪我したやつはアリス隊の騎士なんだから、お優しいアリス様が助ければいいじゃん。素晴らしい聖女様なんでしょ。評判どおりのことをやれよ」

「ですが、ここにいないですし」

「そうだよ、なんでいないの？　下っ端に戦わせてさぁ。見に来るくらいしろっての。神様気取りかよ」

「リスキンドさん……」

「戦いに協力したのは結局、祐奈っちじゃん。なんなのアリス。ほんとウザいわぁ」

驚いたことに彼は、祐奈のために怒っているのだ。

リスキンドは皮肉屋ではあるが、熱くならない人なので、たぶん自分自身のことなら、たとえひどい目に遭ったとしても、こんなふうにストレートに腹を立てたりはしないはずだ。

いつものように斜に構えて肩の力を抜きながら、半笑いで「ありえねー」とか言うくらいで。

ところがこの冷めた皮肉屋が、祐奈のために怒っている。それでなんだか胸が熱くなって。

やばい、ちょっと泣きそうだよ……。意外といいやつだなぁ。なんなんだ……。

それでおかしな話であるのだが、リスキンドが怒ってくれたおかげで、祐奈の心が決まった。

少し前に自分が言った台詞――回復魔法が使えるからとかは、たぶん建前――ただの綺麗事で。

自分でも心のどこかで『どうして私が治してあげないといけないの？』と思っている。

助けたってどうせ、「ブスが媚びを売ってきた、助けた男と寝たいからだ」とか言われるに決まっているし、だったら何もしないほうがマシじゃない？　って。

でも――今祐奈がどんな決断を下しても、リスキンドは絶対に味方をしてくれるし、最後にはきっと「仕方ないなぁ」と言ってくれるんだろう。

ラング准将もそうだ。カルメリータだってそう。

ちゃんと分かってくれる人がいる。ツイてないことがあっても「ツイてなかったね。でも頑張ったね」と言ってくれる人がいる。だから――。

「私やっぱり、行きます」

「ああ、もう……」

リスキンドが額を押さえて呻いた。……半ば分かっていたけれどね、という諦めを滲ませながら。

「ごめんなさい。今日やらなかったことを、あとで悔やむのが嫌で」

「こんなクソみたいな事故、綺麗さっぱり忘れちまえばいいんだよ。嫌なやつのために悩む必要なんかない」

「嫌なやつ相手だからこそ、やることをやって、さっさと忘れたいです」

「あーあ。分かったよ。でもラング准将にバレたら、俺はちゃんと止めたって言ってよね」

「了解です」

リスキンドはラング准将のお叱りなど絶対に恐れていないし、ラング准将だってあとでこのことを叱ったりはしないだろう。

でも祐奈はちょっと笑ってしまった。

リスキンドがこんなどうしようもない悪態をつきたくなるほど、本当に腹に据えかねているんだなぁとしみじみ感じたので。

仲間が先にアリス隊に対して怒ってくれると、祐奈自身はそんなに怒らなくて済む。――そんなに言わなくてもいいでしょ、てなるから。

祐奈がアリスをひがみ出したら本当にみじめだろうから、仲間がその役を代わってくれてありがたかった。

「――じゃあ行こうか」

リスキンドが渋々といったていで、騒動の渦中に連れて行ってくれた。


騒ぎが起きてからかなり時間が経過しているにもかかわらず、怪我をした人物はまだ泣き言を口にしていた。

先ほどの絶叫から比べると音量自体は大分小さくなっているのだが、この世の終わりかのように嘆き悲しみ、メソメソと弱音をこぼしている。はっきりとは聞き取れないものの、「痛いよ……」とか「手が……」とか「ひどい……」とか訴えているようだ。

祐奈は聞いているだけで気が滅入ってきた。

その人物は地べたにうつ伏せになり、時折膝を曲げたり伸ばしたりして、まるで芋虫のように小刻みに動いていた。周辺の土が大量の血を吸ってどす黒く変色している。

人垣の隙間からそんな惨状が垣間見えて、祐奈は思わず顔を俯けていた。すぐに視線を逸らしてしまったので、詳しい状況はよく分からない。直視するにはなかなかにつらい光景だった。

ただなんとも奇妙なのが、その人物がひとりで悶え苦しんでいる中、誰ひとりとして手を差し伸べようとしていない点である。

アリス隊の騎士たちの振る舞いはひどいものだった。仲間だろうに怪我人に近寄りもしない。

ドーナツ状に周囲を取り囲んで、でくのぼうみたいに突っ立って眺めているだけ。

彼らの硬い表情は混乱しているせいなのか、怪我人を迷惑に思っているのか、微妙なところだった。

どうしたらよいのか分からないのだとしても、怪我人に対して少しでも友情めいた想いがあるのなら、近くに寄って傷を見てやるとか、声をかけてやればいいのに。

広い農地の中、味方がかなり広範囲に散っているのも、この奇妙な現象が放置されている原因なのかもしれない。この場所には指揮官クラスや、的確な判断を下せそうな人物が誰もいないのだろう。

離れた場所にいる味方も、この一角の馬鹿げた騒ぎは耳にしているのだろうが、それでも各々手いっぱいな感じで、誰も駆けつけて来ない。残った敵を倒したり、身近にいる軽傷者を手当したりと、とにかく手が回らない様子だ。

リスキンドが野次馬の肩を叩いて尋ねる。

「あいつを斬りつけた敵はちゃんと確保したんだろうな？」

「確保っていうか、死んだよ。向こうのほうに死体が転がっているだろ」

指し示されたほうを見ると、野次馬の人垣が一部途切れている箇所があり、馬車の近くに男がうつ伏せで倒れているのが見えた。背中に深々と剣が突き刺さっており、絶命しているのがひと目で分かった。

祐奈は慌てて視線を逸らした。

死体や血を見て気分が悪くなってきた。吐きそう……。

リスキンドは状況の確認を続ける。

「何があったんだ？」

「皆で敵ひとりを囲んで、襲った。大勢で刺したし、そいつが地面に倒れたから気を抜いたんだ。そうしたらなんでだか死んでいなくてさ」

「一矢報いられた、と」

「ああ。そのあと敵はすぐに死んじまったけれど」

「じゃあここにしばらく留まっていても安全は安全だな」

「は？」

訝しげに尋ね返されたが、もう用は済んだとばかりにリスキンドは足を前に進めた。パンパン、と派手に手を叩き、注意を引く。

「はい、皆さん！　聞いてくださーい！」

「リスキンドじゃん。久しぶりだな……生きていたんだ」

「静粛に！」リスキンドがジロリと睨んでガヤを黙らせる。「これから聖女祐奈様がありがたい魔法を使って、怪我人を治療してくださいます。だから邪魔をしないように」

「え？　何を言って……」

野次馬がせわしなく視線を動かしたことで、彼らより後ろに控えていた小柄なヴェールの聖女に視線が集まった。途端に周囲がザワつき始める。

非常に好ましくない空気だった。祐奈は早速心が折れかけた。

ああ、やめておけばよかったかも……。

皆が条件反射のように『醜い聖女』に敵意を向けてくる。これは無意識なのだろうか。

こうなったのはすべてヴェールの聖女が近くにいたせいじゃないのか？　疫病神め――そんなことを考えていそうな、彼らの顔。醜い聖女を軽蔑することで、目の前の惨状から気を逸らし、現実逃避しようとしている。

リスキンドがこうしてあらかじめ名乗りを上げたのは正しかったのだと思う。

もしも予告なくいきなり怪我人に近寄っていたら、暴徒化した彼らに突き飛ばされていたかもしれない。

この人たちは怪我人が泣き喚いていても平気で放置できるけれど、弱そうな女性が救助のために登場したら、ちょっかいをかけずにはいられないらしい。そういう時は思考停止せずにいくらだって頭が回るし、いじめる元気も出てくる。

リスキンドは正しかった。祐奈は足がガタガタと震え始めた。

「おい、あいつ何か悪さをするつもりじゃないか？」

「治療なんてできるのか？　あの出来損ないが？」

「下心があるから、めちゃくちゃ頑張るんじゃね？　治してやる代わりに、夜ベッドでサービスしろ、とか言いそう」

「ブスの貪欲さには鳥肌が立つな」

忍び笑いが起こる。

祐奈はすっかり萎縮してしまっていたのだが、以前と違うのは、ここにリスキンドがいることだった。

彼は珍しく本気で激怒していた。らしくない荒さで怒鳴り始める。

「お前ら、いい加減にしろよ！　全員くたばっちまえ、クソったれども！」

「なんだよ、リスキンド。お前だってヴェールの聖女には、さぞかし迷惑しているんじゃあ」

「祐奈さんは俺なんかよりよっぽど人間できとるわ。馬鹿か、全員死ね。苦しみ抜いて死ね」

「馬鹿って……」

「あと言っておくけど、彼女ブスじゃないから」

「何言ってんだよ」

笑いがどっと巻き起こった。聞いていた祐奈はぶわりと汗が出てきた。

……リ、リスキンドさん、嘘はやめて……顔を見てもいないのにそんなことを言っても、忖度感がエグイだけですから……。

「高貴な方はお前らみたいな下賤な者の前ではヴェールを取らないんだよ！　覚えておけ、間抜けども。大体なぁ――スズメバチに十九か所くらい刺されたような悲惨な顔面を晒しておいて、よくもまぁ他人様の顔のことを言えたもんだよ」

リスキンドのやり口はほとんどチンピラのそれだった。顔に問題を抱えていそうな隊員をピンポイントで睨み据えながら絡んでいる。

言われて気づいたのだが、『ヴェールの聖女は醜い』と嘲笑《あざわら》っていた隊員は、顔が綺麗なわけでもなんでもなかった。酒場で女性を引っかけようとしても、相手にこっぴどく振られそうなタイプばかりで。

少し落ち着いて眺め回してみると、攻撃的な言動をしていた人間に限って、冴えない外見をしていることが分かった。

　祐奈は萎縮していたせいで、相手を個々として認識できていなかったのだが、皆それぞれに見た目も考え方も違うようだった。この中にだってきっと、比較的まともな人間はいるはずなのだ。

　リスキンドに当てこすられて、顔にコンプレックスがあるらしい数名が慌てて下を向く。……けれどまぁ彼らには恥じ入る気持ちがあるだけ、まだマシなのかもしれない。

「ラング准将が他人の顔の美醜についてつべこべ言っているの、俺は聞いたことがない。あの人みたいにずば抜けて顔が良いと、そういうものなんだろうな。――結局さぁ、なんの恨みもない相手の悪口を言うやつって、コンプレックスの裏返しだろ？　自分が言われたくないことを先制攻撃で口にすることで、勝った気になりたいだけ。クソみっともねぇんだよ、三下《さんした》風情が、いきがりやがって。それから『出来損ない』とかさ、どの口が言ってんの？　それって自分のことだろ？　ヴェールの聖女を見下して、普段の鬱憤を晴らそうとしてんじゃねぇよ。だせえんだよ」

　言いたい放題。

　そして言われたほうは俯き加減になり、何も言い返せないでいる。図星を突かれたからだろう。なんだか……この人たちって強い相手には何も言い返せないんだと気づいたら、祐奈は拍子抜けしてしまった。

　自分は一体、何をあんなに怖がっていたのだろうか。

「つかもう、この時間無駄だな。文句あるやつは俺の前に立て。順番にぶん殴って、ボコボコにしてやるよ」

　リスキンドが周囲を睨み渡すと、しんと場が静まり返った。

祐奈は彼が戦っている場面を見たことがあるのだが、おそらくリスキンドはとても強い。ラング准将があまりに振り切れて強いので、平均値を見失ってしまい、リスキンドのレベルがよく分からなくなったりする。しかしあのラング准将について行けるのだから、リスキンドも相当なものなのだ。

『肉弾戦は嫌いだー』なんて嘯《うそぶ》いていたけれど、それは『できるけれどあんまり好きじゃない』の意なのだ。ある意味天才の台詞である。

ここにいる隊員はさすがにリスキンドとの実力差については痛感しているらしく、ピタリと口を閉ざした。

もしかすると一瞬前までは、ヴェールの聖女の悪口を言うことで、リスキンドをねぎらいたいという気持ちもあったのかもしれない。『あんたはあの醜い女に苦労させられているんだろ、お察しするぜ』というような。

ところがリスキンドが本気で怒っているのが分かったので、マズいことをしたと自覚し始めたようだった。

「——さぁ祐奈っち、カモン」

リスキンドが手のひらを上に向け、指を動かして、来い来いする。

ええと、あのね……こちらを『高貴な方』と表現したのはあなた自身ですよ……それワンコを呼ぶやり口ですよ……。

でもなんだか怯えが抜けたみたい。

祐奈の周りの人間がざっと退いたので、オズオズと進み出る。

見晴らしが良くなり、祐奈はあることに気づいて固まってしまった。――倒れていた人物が苦しげにこちらに首を回したために、顔が見えたのだ。

濃いふわふわの金髪に、ヘーゼルの瞳。

忘れもしない――。

怪我人は、祐奈を地獄に突き落とした張本人である、ダグラス・ショーその人だった。


一瞬のあいだに脳が高速回転した。浮かんだのはどうやって辞退するかのエトセトラ。

やっぱり気が変わったと告げてみようか、とか。

できそうにありませんと無能なフリをしてみようか、とか。

お腹が痛くなったフリをして逃げようか、とか。

むしろはっきりと「ショーが嫌いだから治しません」と宣言しちゃおうか、とか。

ショーは状況が分かっているのかいないのか、縋るような視線をこちらに向けてくる。

以前祐奈のことを小馬鹿にして見下していた彼が、今は額に脂汗を浮かべて、口の端からみっともなくよだれを垂らしていた。

ショーの姿を眺めてやっと気づいた――彼の手が、体の下から変な向きに伸びていることに。

ぞっとした。斬り落とされたのだと理解できたから。

彼はそれを摑んでさえいれば、きっと元に戻ると信じているかのように、お腹の下で握り締めている。

ひどい……。早く止血しないと死んでしまうかもしれない。

祐奈は深呼吸をして、足を前に進めた。

進みながら『ねぇ、やめとけば』の声が頭の隅でエコーする。

どうせロクなことにならないよ、分かっているんでしょう？　助けてあげても、また陰口叩かれてさ。人の善意なんて信じるんじゃなかったなって、きっと思い知ることになるんだ。

祐奈は全然できた人間なんかじゃないから、本当は、醜い妄想もいっぱいした。それは旅に出る前——ラング准将と出会う前のことだけれど。

空想の設定だと、自分はすごい能力を手に入れている。

祐奈の前にはたくさんの人々が行列を作っている。それで彼らと順番に対面していき、「君は生かす」とか「君はひどいことをしてきたから地獄」とか、羽根の先で気まぐれに指しながら決めていく。

知り合いもやって来る。こちらの世界に迷い込んで来た際に、親切にしてくれたハリントン神父だ。祐奈はとびきりのニコニコ顔でハリントン神父に告げる。

「あなたはもちろん生かします！　寿命もサービスで二十年延ばしてあげますね。それから亡くなったあとは天国行き確定です。あ——それからあなたの家族も、悪いようにはしませんよ。どうか幸せに天寿をまっとうしてください！」

ハリントン神父は頬を赤らめて喜ぶ。「ああ、祐奈さんに親切にしておいて、本当によかった！　見た目で差別しなくてよかった！」と言って。

そして次はショーの番だ。ハリントン神父に大盤振舞いする祐奈を見て、ショーはすっかり期待している。自分のした最低な仕打ちも都合良く忘れて。

ところが祐奈のほうは、されたことを忘れていない。

ショーが前にやって来たら、祐奈は以前彼がしてみせたように、軽蔑しきった視線を向けてやるのだ。まるでゴミでも眺めるみたいに。

「あなたは地獄行きです」

「どうして！」

「それはね、意地悪で嫌なやつだからよ。あなたは弱い者いじめをした。地獄でよぉく反省してくださいね」

ショーは泣き喚いて助けを求めるけれど、祐奈は聞き入れない。

どうしてだ、信じられない！　という顔をできるなんて、まったく図々しいと考えながら。

「あなたは他人にひどい仕打ちをしました。それが今、自分に返ってきただけですよ。どうか千年は苦しんでくださいね」

ああ……最低な妄想……我ながら胸が悪くなる。でもそんなことを考えて自分を慰めていないと、おかしくなりそうだった。

本当になるわけでもないのだし。そう――そんなことにはならない。

嫌なやつは嫌なやつのまま、何も反省なんかしないし、ノリノリで絶好調のまま生きていくのだろう。だって人生ってそういうものだから。因果応報っていうけれど、あんなの嘘っぱちだ。

善人のほうがよっぽどひどい目に遭っている。

元いた世界でも、悲惨な事件はあちこちで起こっていた。

まだ年若いのに人間ができていて、他人に親切にして、一生懸命生きていた苦労人が、悲惨な事件や事故に巻き込まれて呆気なく亡くなってしまう。いい人は早く迎えが来てしまうという話を聞いたことがあるけれど……なんだそれ、と。いつも思っていた。

祐奈が神様だったら、絶対に善人が報われる世界にするのに。

斜に構えて世の中を眺めてみると、最低で嫌な人なのに、さして苦労することもなく、上位者になって幸せに暮らしているなと思うこともあった。努力して自力で這い上がらなくても、他者の頭を踏みつけて台にすれば、楽をして上に行くことも可能なのかもしれない。

ついでに言うとその最低な人は家族仲が悪いこともなく、割れ鍋に綴じ蓋なのだろうか――意外と温かな家庭を持ち、幸せそうに暮らして、死ぬまで安泰であったりして。

なんだか理不尽な気もするけれど、結局人生なんてそんなものだと思ったのだ。

だから自分が神様みたいに、すべてをコントロールできる立場になったなら、最低な人間に少しくらい罰を与えてやってもいいじゃないか。

だって誰もそれをしないのだから。神様でさえもそれをしない。

その独断と偏見は、世界を浄化するには必要悪なのではないかと。

人に不義理を働いたら、弱い者を虐げたらひどい目に遭うという教訓がなければ、人は己の襟を正せないのではないか。

それなのに結局、こうして現実世界で、願ってもないような望みどおりの展開になってみれば、呆れたことに祐奈は本心とは逆の施しをしようとしている。

――今こそが、祐奈の一存次第なのに！

嫌なやつが苦しんでいて、だけど治せるのは祐奈ひとりだけ——見捨てることで、この男に絶望を与えることだって可能だ。

でもできない。きっと助けてしまうのだろう。

そうする理由は、それが正しいから。

間抜けだった。馬鹿みたいだ。

でも見捨てることもできなくて。気が小さいから罪悪感を背負えない。

祐奈は全身の血が逆流するような気分の悪さを覚えながら、ショーの傍らに膝を突いた。

『——回復——』

機械的に、何も考えずに、呪文を唱えた。嫌いな食べものを、鼻をつまんで口に放り込むような心地で。早く終われと願いながら、手をかざす。

ショーがうつ伏せで丸くなって、取れた手を隠そうとしているので苛々した。それで冷たい口調で彼に告げる。

「仰向けになって手を出してください」

「嫌……だ……」

じゃあ勝手に死ねば？　と言いたくなった。本当に帰りたくなってくる。

リスキンドの言ったことはすべて正しくて、五分前に最適なアドバイスをくれた彼に土下座をして謝りたい気持ちだった。

すると当のリスキンドがいつの間にか歩み寄って来ていて、ショーの頭の上に跪き、脇の下に手を入れて乱暴にひっくり返した。ほとんど体術に近い動作だった。

それは怪我人に対してはいささか乱暴な振舞いではあったのだが、祐奈はこれっぽっちも同情しなかった。

ショーは動かされた痛みでまた泣き始めた。

みっともないな。騎士なら、歯を食いしばって耐えられないの？

心がどんどん冷えて、嗜虐的になってくる。

しかし祐奈の威勢が良かったのもここまでで、取れた腕を直視した途端、胃の中のものが喉を押し上げてきた。

……うわ、吐きそう……。

でも嘔吐なんかしたら、それこそ何を言われるか分かったものではない。祐奈は涙目になり、必死に吐き気を堪えた。

「手、を……くっつけて……」

リスキンドに弱々しく頼むと、彼は冷静にショーの腕を掴み、正しい向きで切り口に当ててくれた。

血がものすごく大量に出ている。

誰も治療をしてくれないので、ショーはうつ伏せになることで、自身の体重を利用して傷口を圧迫止血していたのかもしれない。

祐奈は手のひらをかざした。初めからやり直しだ。

『――回復――』

祐奈の手のひらから金色の光が舞い落ちるように漏れ出てくる。

これを見た周囲がざわついていた。皆がこの神秘的な光景に見入っていた。

中でもショーは一番感化された人間だった。彼の瞳の中にあった、祐奈に対する嫌悪が消え去る。

ショーは今や救世主を前にしたかのように祐奈を熱い目で見つめていた。……まったく現金なものだ。

祐奈は考えると腹が立って仕方がないので、ひたすら治療に専念することにした。

以前ルークを治療した時は、もう少し引き合ったり反発し合ったりと、力が干渉している感じがあったのだが、今回はそうでもなかった。

祐奈が慣れたのかもしれないし、あるいは——あの小さな犬のルークのほうがよほど怪我の状態はひどくて、ショーのこれは見た目よりも軽傷として扱われているのかもしれない。

そう考えると、少し笑えた。

あんなに小さな犬が辛抱強く立派にしていたのに、ショーは泣いて喚いて、駄々をこねて、まったくみっともない有様だったから。

普通の人ならば仕方ないけれど、あなた騎士よね？

全然格好良くない。なんでこの人、自分は祐奈に好かれて当たり前、みたいに思えるんだろう？　こんなにダサいのに……。

考えごとをしながらでも治療は問題なく進んだ。

元に戻るという観念のせいか、辺りに飛び散っていた彼の血も、いつの間にか消えてなくなっているようだった。

……まさか体内に戻ったの？

そんな、まさかね。

息も絶え絶えだったショーが、自力で起き上がった。信じられないという顔をして、少し前まで切り離されていた右手を動かし、グーパーしている。

瞳が生き生きと輝いていた。

祐奈は『今、私の瞳はこの上なく濁っているだろう』と思った。喜んでいるショーの姿を見て、忌々しく感じてしまう。全然爽快じゃない。気持ちの整理もつかない。

不快な出来事に付き合わされたことに、ただただうんざりしていた。

それでよろけるように立ち上がり、ひとことも発することができずに、踵を返した。


馬車に戻り扉を開けた。

カルメリータが血相を変えて飛び出して来る。

「祐奈様、お怪我は？　大丈夫ですか？」

心配されて、視界がじわりと滲む。祐奈は口元を引き結び、なんとか呼吸を整えた。カルメリータを心配させたくない。

「大丈夫です。無事です」

「ですが……なんだかご様子が……」

「血を見たら、気持ち悪くなっちゃったの。あの……カルメリータさん、ごめんなさい。しばらくひとりになりたいのですが、いいですか？」

カルメリータは一瞬案ずるように胸の前で手を組み、じっと祐奈を見つめていた。それから何度か頷いてみせた。

「ええ、ええ、もちろんですとも。私とルークは、荷馬車のほうに行っていますね。御者さんと話してきます」

祐奈の隊は馬車二台編成で、もう一台は荷物が積まれている。こちらの馬車の御者は、騒動が始まってすぐに、リスキンドが荷馬車のほうに移るよう指示しているので、ここにはいない。

カルメリータは彼らに状況が落ち着いた旨、報告しておこうという考えもあったのだろう。

祐奈は返事をする元気もなくて、こくりと頷いてみせた。

カルメリータはしゃがみ込んで、訳知り顔をしていたルークを抱き上げ、立ち去って行った。

彼女が後方の馬車に向かうのを後目に、祐奈は馬車に乗り込む。扉を閉めると吐きたくなりそうだから、開けたまま座席に腰を下ろした。

……ほう、と息を吐く。

馬車の中は安全に隔離されているような気がして、なんだか安心できた。アリス隊の馬車溜まりからは少し距離があるので、わざわざここまでやって来て、中を覗いてやろうという物好きな人間もいないだろうし。

このまましばらく放っておいてくれるといいなと思った。今は誰とも会いたくないし、誰とも話したくなかった。

＊　＊　＊

戦場が沈静化しても、ラング准将にはやることが山積していた。

この状況を野放しにはしておけない。アリス隊の面々は死体も何もかもこのまま農地に放り出し、浮かれ気分でレップへと旅立ちかねないので、ある程度こちらでコントロールしてやる必要があった。

誰かが手綱を締めてやらねばならず、それができるのは自分しかいない。

隠れていたミセス・ロジャースにもう大丈夫だからと伝え、この近辺で捕らえた盗賊をしばらくのあいだ隔離しておける場所がないか尋ねる。

すると使われていない家畜小屋があるとのことで、地図を描いてもらった。

比較的信用ができる人物――マクリーンとスタイガーを呼び、指示を与える。

戦闘不能状態の敵を縛り上げて、家畜小屋に捕らえておくこと。

遺体についてもこのまま農地に放置せず、家畜小屋のそばまで運んでおくこと。

アリス隊はすぐにレップに旅立つ予定であるが、仮牢の見張り番として数名ここに残すこと。

その際はミセス・ロジャース及び近隣の方々には、絶対に迷惑をかけないこと。

また、急ぎ早馬を出し、キャデルの総督に賊を移送してもらうよう頼むこと。その際ハッチの名前では助力いただけないだろうから、ラング准将から一筆書くのでそれを渡すこと。

賊の中から誰か選び、尋問して、残党がいないか確認すること。

残党がいる場合は、追撃があるかもしれないので、ここに居残った者が責任を持って対処すること。

等々。

すべて段取りしてやらなければならない状況に苛立ちを覚えるが、さりとて放っておけば、ロジャース家を始めとした近隣住民に多大な迷惑がかかるのは、火を見るよりも明らかだった。

アリス隊の面々は自らのだらけ切った態度が盗賊を誘い込んだなどとは絶対に認めないだろうし、また認めたとしても、自分たちは偉大な聖女護衛隊なのだから、盗賊の後始末など任務外であると主張しそうだった。

マクリーンとスタイガーは平民出身の騎士なので、本件に関しては彼らが指揮を執る旨、ハッチ以下にきっちり話を通しておかなければならない。これもラング准将がやる必要があった。

それからミセス・ロジャースに約束したことを守らなければならない。アリスを速やかにロジャース邸から追い払わねば。

ラング准将はハッチどもをもうひと絞りしてやるために、ロジャース邸に入って行った。

＊　＊　＊

リスキンドは雑務に追われていた。

祐奈が馬車に引き上げて行くのを視界の端で確認しながら、眼前に広がる惨状を眺めてため息を吐く。

……ああ、くそう！　あれこれ気づいてしまう自分が恨めしいぜ！

アリス隊の間抜けどもがどんなに困ろうが知ったこっちゃないのだが、このまま放置しておいては、農地の持ち主が困り果ててしまうだろう。

アリス隊の面々は度を越した間抜けどもなので、気絶している盗賊をそのまま放置して旅立ってしまいそうだ。それは困る。

「気絶している賊は縄で縛り上げろ。最終的な隔離先はラング准将とあとで調整するが、一旦仮置きで、一カ所に集めるぞ。そうだな——百メートルほど向こうの、今ドレイクが立っている辺りにしよう。ドレイクは二メートル超えの大男だから、見て分かるよな？」

何人かが頷いているのを見て、ブチリと切れる。

うんうんじゃねぇんだよ、馬鹿！

「——返事！」

「了解です！」

コール＆レスポンスを徹底しろっての。自主的に判断できないのだから、せめて返事くらいはしてくれ。

時間経過と共にリスキンドの中でどんどんストレスが溜まっていく。

リスキンドは年齢的にはまだ若いほうであるが、騎士としてのキャリアはかなり積んでいる。聖女護衛はにわかで集められた面々が多いので、アリス隊を抜ける前までは、経験を買われてサブリーダーのような立場を任されていた。

「死人もそのまま放置するな。さっき言った場所に運ぶ。生存者と混ぜこぜにするなよ！」

「了解です！」

「あー、ダーネル！」

一番声が大きくて仕切り好きな隊員を見つけて声をかける。

「お前、近くを回って今の内容を伝令してこい。結構広範囲に散らばっているから、抜けがないように」

「分かりました！」

それで今度は縛り方が分からない……と素人みたいなことを言い出すやつがいて、怒鳴っても仕方ないので、近くに行ってやり方を教えてやった。

同じことを言っても女の子なら可愛いからいいんだけど、ゴツイ男が「できない」とか言っていると殺したくなる。もう勘弁してくれという気分だった。

元々隊にいた時はコイツらに対してもそれなりに仲間意識を感じていたし、リスキンドはのらりくらりとしていて気が長い性分だから、彼らに腹を立てて当たり散らしたこともなかった。できないやつに「どうしてできない！」と怒っても仕方ないし、大人として対処したほうが、仕事も円滑に回る。

しかし隊を抜けて、彼らが祐奈に失礼な態度を取っているのを目の当たりにしたら、すべてが嫌になってしまったのだ。

お前ら——誰かを声高に責めるのならば、自分自身がそうされても文句はないんだよな。

他者に親切にしないくせに、自分は親切にしてもらいたいだなんて、そんな虫のいい考えはまかり通らないからな。

さらに言うならば、こいつらはプロとしても失格だった。——金をもらって護衛任務を引き受けたんだろう？　だったら仕事しろ。立場を忘れて、守護すべき聖女を貶めてんじゃねぇよ。

祐奈を見ていれば『まともな人間』であることは分かったはずなのに。

けれどこいつらは偏見に支配されて、彼女を虐げ続けた。

それはきっと、『下衆《げす》な聖女』のほうが、彼らにとって都合が良かったからだろう。馬鹿にしてくさして、ストレス発散できるから。そのほうがいいと思って欠点を探しているのだから、祐奈の良い所になど目が行くわけもない。

吐き気がするほど下衆なやつらだった。

そして祐奈はそんな下衆なやつらを、魔法を駆使して、救ってやったのだ。

やりきれないと思った。友達がこんな理不尽な目に遭っていたら、まったくやりきれないよ。

リスキンドは粛々と賊の縛り上げをこなしながら、祐奈の馬車の辺りは常に視界に入れていた。何かあっては困る。

すると突然、目の前に誰かが立ちはだかった。

「リスキンド、ちょっといいか」

ショーだ。

先ほどは脂汗をかいてみっともない様子を晒していたが、今や血色も良くなって、元のエセイケメンに戻ってしまっている。……ったく、クソ忌々しい野郎だなと舌打ちが出そうになった。

「よくない！」

きっぱり断ったのに、

「俺……祐奈に礼を言いたいんだが」

とか寝ぼけたことを言い出しやがる。

「はぁ？　お前馬鹿なの？」

呆れ果てた間抜けじゃないか。リスキンドは作業を中断して、背筋を伸ばした。

思い切り不機嫌に睨みつけてやるが、ショーは鈍感なので気にも留めていないようだった。空気を読むどころか、自分の世界に浸って、どこか上の空な様子である。

「斬り落とされて、右腕なしで一生を送るところだった。彼女に助けてもらったから、感謝している」

「お前、自分が過去に何をしたのか忘れたのかよ？　善良なお嬢さんを、性欲に狂ったイカれ女扱いしたんだぞ」

「それは、うん……俺もちょっと過敏に反応しすぎたかもしれない」

「ちょっとだぁ？」

「祐奈が俺を好きになるのは、彼女の自由だよな。仕方のないことだと割り切って、もう少し優しくしてやるべきだった」

「いや、そもそも好きじゃねぇし」

「俺、あの時は純粋に気持ち悪いと思ってしまったんだ。でも、ここまで献身的にされると、さすがにさ……俺は間違っていたのかもしれないと反省して」

「どう間違っていたんだよ？」

「とにかく謝りたい。過去彼女にひどい態度を取った自覚はあるんだ。行って謝るだけだ。それで今日助けてくれたことについて、感謝を伝えたい。だめだろうか？」

リスキンドは考え込んでしまった。

色々と引っかかる部分はあったが、この馬鹿に百点満点の回答を求めてもそれは無理というものだろう。とにかく今はショーも、怪我の件で殊勝な気持ちにはなっているようだ。

過去の仕打ちを謝りたいというのは、実は祐奈にとっては良いことかもしれないという気もした。

それで仲直りしろ、許してやれというのではない。しかし祐奈には慰めが必要なはずだ。

彼女はこの男を許す必要はないが、しかし謝罪される権利はあるだろう。それでいくらか彼女の気も晴れるのではないか。

「分かった。じゃあ俺も行くわ」

「まぁな」

「待ってくれ。王都までの護送のこと――お前は詳細を知らないだろう？」

「彼女も今の仲間に聞かれたくないと思う。本当に謝るだけだし、妙な真似はしないから、ふたりきりで話させてくれ」

「馬鹿な」

絶対に信用できない。

しかしショーがこんなことを言いやがるものだから……。

「なんかさ……もしかして俺が、祐奈に不埒な真似をするとでも疑っているのか？　ありえないよ。こう言っちゃなんだが、俺は面食いなんだ」

「最低か、お前」

祐奈が腕をくっつけたあと、俺がこいつの首をへし折っときゃよかったぜ。いや……今からでも遅くないか？

「落ち着けって」

ショーが『どうどう』と制するように、両手のひらをこちらに向けてくる。

「俺は祐奈に対してこれっぽっちも興味を持っていない――その事実を、ただお前に伝えたかっただけだ。過去にひどいことをしたから、それを心から謝りたいだけなんだよ。なぁ――俺との会話をお前に聞かれたら、彼女は恥ずかしい思いをするんだぜ？　だって今の彼女は、リスキンドと上手くやっているんだろう？」

「俺は良い子だと思っているし、大事な仲間だよ」

「じゃあ余計に聞かれたくないはずだ。あのさ――自分に置き換えて考えてみたらどうだ？　リスキンドが昔、自分を振った女の子と話すことになったとして――仲間が近くにいて全部聞かれていたら、ものすごく嫌だろう？　祐奈の気持ちを汲んでやれよ」

リスキンドは腕組みをして、しばらくのあいだ考え込んでしまった。

……ていうか祐奈っちって、実はまじでショーを好きだったの？　これまではありえないと思っていたけれど、当事者のこいつがこうもきっぱり断言するってことは、事実なのか？　性的なことを強要するとかは彼女の性格からして絶対にないから、その部分はショーの妄想だろうけれど、好意自体はなかったとも言い切れない？　外見だけはそこそこいいしな、こいつ。

えー……それって祐奈っちからすれば、黒歴史じゃん。俺が彼女の立場なら、一瞬でもショーに惹かれていたことがあったら、全力でその過去を抹消したくなるぞ。仲間にも絶対やり取りを聞かれたくない。

ああ、分からなくなってきた！　……やっぱり彼女がショーに惚れるとか、ありえなくないか？　混乱してきたから、これについては考えるのをやめて、保留にしよう。

とにかく重要なのは、ショーが心から過去の悪行を後悔しているようだということ。こいつは単純馬鹿だから、一度ここまで反省したなら、ふたたびいじめっ子モードに戻ることはないだろう。

少し不安はあるものの、遠目であってもきちんと監視していれば、こいつが暴走したとしても、すぐに駆けつけられるから問題はない……か？

「分かった。くれぐれも祐奈っちに失礼なことをするなよ。馬車の中には絶対に入らない、それが条件だ」

「分かっている。少し話すだけで十分だ。俺が少しねぎらってやるだけで、彼女もすごく喜ぶはずだから」

おおい、まじかよ……言葉の端々にイラっとする何かを仕込んできやがるんだよなぁ、こいつ。

そう思いながら、リスキンドは迂闊にも、ショーの接近を許可してしまった。

ショーは祐奈に対して感謝の念を抱いていた。

彼女は腕の怪我を治療し、救ってくれたのだ――――なんて健気なのだろう。

過去の彼女の行動を振り返ってみると、ブスなりに一生懸命で可愛げがあったかもしれないと思えてくる。

そうなると、初対面の時にもう少しくらい優しくしてやればよかったかなと、ショーは少しだけ反省することとなった。

夜、共寝してやることは無理でも、たまに話しかけてやるくらいでも、満足させられたのかもしれないし。

とにかく、だ。過去に戻るのは無理な話だが、これから彼女にしてやれることはきっとある。

たとえば、そう――ショーが話しかけてやるだけで、祐奈にとっては最高の思い出になるはずだ。

自分はアリス隊所属で接点がないのだから、ここで少々ねぎらってやるくらい、面倒なことにはならないだろう。それでももしも勘違いして迫って来るようなことがあれば、「悪いが、抱いてやるのは無理だ」と言って聞かせればいい。

思い返してみると、彼女はわりと大人しい性分のようだったから、きつく言ってやれば理解してくれそうだしな。

もしも万が一、彼女が恋心を暴走させて付き纏ってくるようなら、今は祐奈隊の責任者はラング准将なのだから、彼を通して苦情を訴えるという方法も取れる。

前は『直』だったので、すべて自分で対処しなければならず、面倒だった。あいだに誰か挟めるというのは、気が楽なものである。

魔法行使後に祐奈が向かった場所はちゃんと確認しておいた。

――彼女が乗り込んだ馬車の扉は、外側に大きく開かれている。

それを見たショーは、彼女は自分を待っているのだなと考えた。ああまったく……やれやれ。

お礼を言ってほしくて、今か今かと待ち構えているのだろう。

やはり無視せずに、リスキンドに面会を申し込んでみてよかった。あそこまでして健気に治してくれたのに、期待を裏切ってそのまま放置では、さすがに可哀想すぎるものな。

ここはひとつショーが大人になって、ファンにサービスする舞台俳優のように振舞ってやれば、彼女は歓喜にむせび泣くに違いないのだ。

それくらいの施しは、『右腕の代金』だと思えば、決して高くはない。醜い女に少し親切にしてやって、勘違いさせない程度に声かけしてやるだけ。

ショーは『顔が良いと色々大変なんだよな……』などと考えながら、開け放たれている扉の前まで足を進めた。

＊　＊　＊

時間経過と共に落ち着くどころか、吐き気が増していくようだった。

祐奈は目の前のヴェールが無性に苛立たしく感じられて、むしり取るように頭から取り去っていた。

開け放った扉から涼しい風が入ってきて、心地良い。

ヴェールを取ったことで、少しだけ気分が上向いてきた。

ずっと黒い紗に遮られていると、息苦しいというか、時々ものすごく鬱屈した気持ちになる。

ぱっと剝いで、素顔にお日様を浴びて、お昼寝できたらなぁと思うこともあった。

だから今は、宿の寝室以外で、久々に素に戻れた瞬間かもしれなかった。

座席の背もたれに背中を預け、深く深く息を吐く。髪が乱れているのに気づいて、指で掬って耳にかけた。

その時不意に、近くで足音がして……

あ、と思った時には遅かった。

開いた扉の前に、騎士服を着た誰かが立っていたのだ。

一瞬、リスキンドかと思ったのだけれど、違った。もっとずっと最低な人間だった。

その人物は馬車の中を覗き込み、目を大きく見開いた。

それは祐奈も同じだった。目を瞠り、固まる。

ダグラス・ショーと祐奈は、久しぶりに至近距離で顔を突き合わせていた。

素顔での対面はこれが二度目。

以前、王都のシルヴァース大聖堂に行った際、通りすがりのショーに絡まれかけたことがある。

あの時も祐奈は（ほとんど事故のような成り行きで）ヴェールを脱いでいた。後ろ手にそれを必死で隠して。

あの時と違う点は、今、ショーは素顔の彼女を見て『祐奈だ』と認識している点である。

ショーがよろけるように馬車に足をかけてきたので、祐奈は恐慌状態に陥った。怯えた目で彼を見返し、大きな声を出す。

「は、入って来ないで！」

その制止の声があまりにか細く、庇護欲をかき立てられたので、ショーは一瞬のうちに頬を赤らめていた。

＊　＊　＊

祐奈は座席に腰かけたまま爪先立ちになって後ずさった。膝が微かに持ち上がり、なんだか腰を抜かしたような体勢になっている。

対するショーは驚いているものの、瞳には歓喜の色が浮かんでいた。――ショーの喜々とした表情を認めて、祐奈は大混乱に陥ってしまう。

やだ、なんなの？　怖い。このまま殺されるの？

「俺……君のこと、覚えている。シルヴァース大聖堂で……」

と言ったきり、ショーが言葉を詰まらせる。これに祐奈は思わず眉を顰めた。

覚えているって、何……。え？　シルヴァース大聖堂っていうか、リベカ教会にふたり目の聖女を迎えに来たくだり、綺麗さっぱり忘れている？　嘘でしょう？

祐奈は混乱しきっていたために、彼が『素顔を見た時のこと』を語っているというのが、いまひとつ理解できていなかった。

「どうしてヴェールで顔を隠していたの？」

祐奈はハッと我に返った。

そう——そうだ。ヴェールを取ってしまっていたのだ。なんてこと……！

血の気が引くのを感じながら、傍らに放り出してあったヴェールに手を伸ばす。

するとショーが慌てた様子で制止してきた。

「ああ、待って！　顔を隠さないで」

「なんで……」

あなたにそんなことを命令されないといけないのか、という言葉は口から出てこなかった。

祐奈は『最後までしっかり喋ると、お前ごときがダラダラ喋るんじゃねぇと理不尽に怒られるんじゃないかと考えてしまう症候群』にかかっていた。

しかし今日のショーは妙に気前が良かった。祐奈がオドオドしても、言葉足らずでも、以前のように腹を立てなかったからだ。

もしかして、腕をくっつけてあげたから、感謝感激フィーバー状態なのかな。スロットで七が三つ揃った、みたいな。

それは別にいいのだけれど、早くどっか行ってくれないかな……。

「ねぇ、なんでヴェールしていたの？」

なんなのこの人……祐奈は気持ち悪くて仕方なかったのだけれど、答えないとどこかへ行ってくれそうにないので、鳥肌を立たせながら会話を続けることにした。

「……以前、そっくり同じ流れの会話をしましたよね？」

「でも前とは状況が違うから」

知らないけど、とイラッとする。違うといえば違うけれど、それはあなた次第でしょう、と。

「だから、ハリントン神父からヴェールを着けるように言われたからですよ」

「なんて言われたの？」

まじですか……。

あれ、ここもしかして、こういう地獄なのかな？　知らないあいだに私、死んでた？　同じやり取りを二周するという地獄に迷い込んでしまったんじゃない？

「前の聖女と姿があまりにも違うから、ヴェールを着けるようにと。前の聖女はとても美しい方だったのでしょうね」

「違うよ！」

「え？」

「そんなことないよ。君は全然違う、俺は、なんていうか、すごく――」

ショーがグイッと恥知らずにも身を乗り出してきたので、祐奈はパニくってしまった。

「きゃあ！　下がって！」

「聞いてくれ、ちゃんと誤解を解きたい。俺、心から君に謝りたくて」

「謝ってくれなくていいから！」

怖っ！　この人、瞳孔開いてない？　なんで？　息遣いも荒い気がする！

「許してくれるの？」

「知らない、知らない――わぁ、ちょっと来ないで、来ないでって言ってるじゃない！」

祐奈は怒りのあまり拳を握りながら怒鳴った。

ところが祐奈が怒鳴ったとしてもまるで迫力なんてなく、ショーからすると毛を逆立てた子猫みたいに見えたし、なんなら慌てて声を張り上げて少し裏返ってしまっているところなんかもう、ただひたすら可愛いだけだった。

ていうか、こんなに声、可愛かったっけ……なんだかうっとりする。ヴェールをしていても声は聞いていたはずなのだが、おかしいな……。

だけど、ああ――彼女が自分のことを好きだなんて信じられない！　奇跡が起きた！

どうしてあの夜、宿で抱いてやらなかったのだろう？　彼女は望んでいたのに。

超、悔やまれる！　彼女の望みどおり、ベッドに連れ込んであげればよかった！　ヴェールを外してさえいれば、そうしたらショーだって、うんと優しくしてやれた。キスだっていっぱいしてあげたし、もっと、それ以上だって――だけどさ、隠されていたのだから、どうしようもなかったんだ。

あんなに必死で媚びてくれていたのに、相手にしてあげなくて、ものすごく可哀想なことをしてしまった。不幸なすれ違いというやつだ。

でも君はずっと恋心を燃やし続けていたんだね。いつか大好きなショーが振り向いてくれるのだと信じて。

ショーとしてはこうなれば、リスキンドと護衛役を代わってやるのもやぶさかではないと考え始めていた。

レップでは時間の余裕も少しあるだろうから、ハッチ准将に話をしてみよう。

でも、あれだな……護衛云々よりも先に、自分たちにはふたりきりの時間が必要な気がする。

彼女はなんとなくまだ拗ねているみたいだ。冷たくされた過去があるから、こちらを試しているのかな。もう、可愛いなぁ。

本当は話しかけられて嬉しいのに、素直にその気持ちを出せないでいるんだ。そういうところがまたいじらしいなぁと思った。

ショーが可愛がってあげれば、きっとすぐに打ち解けて、甘えてくるだろう。

眺めているとなんだか、彼女の華奢な腕に触れたくなってきた。

髪も撫でたい。

耳も。

頬も。

唇も——。

思わず腕を伸ばす。すぐそこに彼女がいて、手が届く距離だ。君は待っている。

——祐奈はショーが手を伸ばしてきたのを見て、今度こそ洒落じゃなく殺されると思った。

捻り殺す気だ！　怖すぎる！　助けてあげたのに、ひどくない？

恩を仇で返すとはこのことではないか。こんな悪党、見たことがない。さすがショーだよ。親切にするんじゃなかった！

祐奈は無意識のうちに魔法を行使しかけていた。混乱しすぎてはっきりそれを認識できていない。ほとんど放電に近かった。

パリ……と目の前の空気が小さく弾ける。線香花火くらいの小さな火花が中空にいくつも咲く。

それが連鎖的に空間を走って行き、ショーは手のひらをバチリと弾かれた。驚いて手を引っ込める。

「祐奈、怖がらなくていいから」

「呼び捨てにしないでください」

「ご、ごめん。でも祐奈、お願いだから――」

「私、さっきから何度も下がってと言っていますよね。いいから離れて！」

「祐奈――」

「最大級の雷魔法で攻撃しますよ！　もう二度と近寄らないで！」

バチ、と電気で押し出すようにして、ショーを強制的に下がらせる。彼が馬車から離れたのを確認すると、すぐさまショーの鼻先でバタンと扉を閉めてやった。

今度、扉を開けてごらんなさい――絶対にやってやるから。本気だからね。威力『中』でやってやるから。死んでも知らないから。

祐奈はむしゃくしゃして、すっかりやさぐれていた。眉根をきつく寄せていると、外から声が響いてきた。

『祐奈――必ず、レップで話をしよう！　俺たちには時間が必要だ！』

祐奈は両手で耳を塞ぎ、ぎゅっと目を閉じた。奥歯を噛みしめる。

なんなの――あいつなんなの！

外が騒がしくなって、リスキンドがショーに向けて何か怒鳴っているのが聞こえてきた。それと共にショーの馬鹿げた呼びかけも遠ざかっていく。

祐奈は座席から滑り落ちるように床に腰を落とした。耳を押さえたまま、足を曲げて体を縮こまらせる。

「回復魔法なんて使うんじゃなかった……！」

呻き声が漏れ出た。

ああ——リスキンドの言うとおりだった。あんなことをすべきではなかったのだ。

傷口から血がいっぱい流れているところを見たのは初めてだったから、怪我に対する本能的な恐怖を覚えたし、治せなかったらどうしようという不安もあった。

それでも頑張って、結局どうなった？　ショーに怯えて、感情的に怒鳴る破目に陥った。人助けをしたのに、なんで最後にここまで追い込まれないといけないの？　理不尽だ。先ほど騎士たちに嘲笑されたことも、今さらになってズシリと心にのしかかってくる。リスキンドがかばってくれて、すごく助かったけれど、そもそも善意でやろうとしたことを悪く取られてしまったのは、やっぱり悲しい。

祐奈は歯を食いしばり、苛立ちに支配されて、対面の座席を靴の裏で蹴りつけていた。

「うう——……！」

頭を抱えて俯く。体を丸めるように、小さく体育座りをして、そのままぎゅっと膝を抱え込んだ。

悔しかった。悔しくて、悔しくて、頭が爆発しそうだった。

祐奈は心の中がぐちゃぐちゃに乱されたまま、長いことそのままの姿勢で縮こまっていた。

2 ✦ あなたといると、いつも

馬車内の空気はまるでお通夜のようだった。重い沈黙が場を支配している。

祐奈は落ち込みきっていたし、考えもまとまらない状態だった。ショーと対面した時は混乱していて、恐怖を感じてもいた。過去に彼からされた理不尽な仕打ちが思い起こされて、腹が立ち、瞬間的に抑制できなくなったのだと思う。感情的に怒鳴ってしまい、正しくないことに魔法を使いかけた。いや――実際に放電に近い形で、ショーに向けて力を放ったのだ。

普段情緒が安定している祐奈は怒ることに慣れていない。慣れていないので、そのあとどう折り合いをつけたらよいのか、正しい対処方法を知らないのだ。

問題が去ってこうして平穏な状態に戻ってみると、ぐったりと疲れてしまって、虚しさばかりが込み上げてくる。あんなに怒って馬鹿みたいだな、と自分の迷走ぶりが滑稽に感じられてしまい、つらくなってきた。

祐奈はくよくよと自分のだめなところばかりを反省していて、結果的に周囲に対する注意力が散漫になっていた。

あれからどのくらい時間が経過したのかも、よく分かっていない。

実際には小一時間ほどで、ラング准将とリスキンドが手際よく諸々整えてくれて、出発することができたのであるが、そのことにすら気づいていなかった。

馬車にはラング准将、カルメリータ、番犬のルーク、そして祐奈というもののメンバーが同乗していた。リスキンドは馬に乗って追走しているのだろう。

このあとはノンストップで進むものと思われたのだが、出発して十分ほど経過したあたりで、馬車が静かに止まった。

祐奈はしばらくのあいだ停車したことにも気づけないでいた。カルメリータがこちらを覗き込んでいる気配で、はっと物思いから覚める。

ラング准将のほうに顔を向けると、ヴェール越しに視線が絡んだ。彼が静かに口を開く。

「祐奈。馬車を降りましょう」

「あの……」

「アリス隊には一時間後に出発するよう、指示を出しておきました。こちらが先行しているので、ここには我々しかいません」

外に出なくてはいけないのが警護上の理由なのか、ほかの都合なのか、それは祐奈には分からない。戸惑ったものの、ラング准将が言い出したことが間違っているはずもないので、祐奈は「はい」と小さく返事をして、促されるままに馬車を降りた。

すぐそばにリスキンドが待機している。彼は馬から下りた状態で、手綱を引いて立っていた。

そういえばリスキンドと対面するのは、例の騒動以来である。

彼が居たたまれないような顔をしているのを見た途端、なんだか申し訳ない気持ちになってしまった。もしかするとショーのことで責任を感じているのかもしれない。

ここで祐奈が「気にしないでください」というのも変な話だし、それに正直なところ気分が落ち込んでいて、ほかの誰かに親切に声かけする元気もなかった。

気まずくなり、思わず俯いてしまう。

「ここからは馬で移動しませんか？」

ラング准将に尋ねられたことがあまりに意外であったので、祐奈はうろたえてしまった。

「でも、私、馬に乗ったことがなくて……」

「私が同乗するので大丈夫です。気分が変わりますよ」

穏やかな声。

彼の瞳を見上げると、綺麗に澄んでいて、落ち着きがあって、木漏れ日の中を散歩している時のような不思議な安らぎを覚えた。混乱してこんがらがっていた頭が、秩序を取り戻していく。まるで魔法にでもかけられたかのように、小さく頷いていた。

彼に任せておけば大丈夫だろう。ただし、馬が怖いからと自分に言い訳して、甘えすぎないようにしなくては。

ラング准将が先に馬に乗り、手を差し出してくれる。鐙《あぶみ》に右足をかけるように言われ、おっかなびっくり、そのとおりにした。

そして次の瞬間——景色が変わっていた。

お腹のあたりを支えられて馬上に引き上げられたのだと、一拍遅れて気づいた。

ドレスなので馬の背を跨げない……と心配していたら、横座りのままラング准将の懐にすっぽりと抱え込まれてしまう。いつの間にか鐙にかけたはずの足も外れている。

なんだか小気味よくリズミカルに持ち上げられ、無理に引っ張られるようなこともなかったから、ただただ呆気に取られてしまった。体のどこも痛くなくて。

驚いているうちに、

「――では出発しますね。力を抜いて」

ラング准将は凄腕の催眠術師になれると思う。馬が動き出しても、祐奈は怖いとは感じなかった。

そういえば『馬上とはいえ、ラング准将にあまり寄りかかってはいけない』と、先ほどちゃんと心に決めたはずだった。甘えてはだめだと。

けれどこうして実際に彼に抱えられてしまうと、祐奈は座り心地の良い椅子に腰を落ち着けてしまったかのような錯覚に囚われ、つい身を委ねていた。

……どうしてこんなに心地が良いの？　手を添える位置や、力の入れ加減、体勢の保ち方など、何かコツでもあるのだろうか。

ラング准将が武芸に秀でていることを思い出す。体術は攻撃だけではなく、こういうことにも使えるのだな……と感心してしまった。

動きが秩序立っていて無駄がないのに、柳のようにしなやかだ。本当に強い人は他者との調和を重んじるから、苛烈さを前面に出さないのかもしれない。

風が吹いていて気持ちが良かった。空気がとても澄んでいる。

「少し話をしましょうか」

ラング准将の声が後ろから聞こえてくる。……なんだか変な感じ。

祐奈は横座りした状態で、上半身を少し捻り、前方に視線を向けていた。とはいえ完全に前を向くのは難しいので、斜め前方をぼんやり眺めているような姿勢だった。

抱え込まれていることで自然と距離が近くなり、左肩がラング准将の胸のあたりに当たっている。

気合を入れ直さないと、溶けるように体から力がどんどん抜けていき、ドロドロに甘えてしまいそうだった。境界線をたやすく越えてしまいそうな自分が怖い。

『話をしましょうか』という彼の気遣いが身に沁みて、困った。

「……すみません」

結局、祐奈は詫びの言葉を口にしていた。すぐに謝る癖がどうしても抜けない。

「どうして謝るのですか」

「たいしたことでもないのに、慌てたり、落ち込んだり、面倒な人間だな、って」

「たいしたことかどうかは人それぞれですから、そんなことを気にする必要はないですよ」

「でも、ラング准将が私の立場だったら、絶対こんなふうにヤワじゃないと思います」

「私は女性ではないので、祐奈とはまた違うかと」

「ラング准将は女性だったとしても、私みたいにいいようにあしらわれたりしないはずです。きりっとして、格好良く、振舞えるんだろうな」

「きりっとしているかは分かりませんが、ショーのことは二、三発ぶん殴っているかもしれませんね。女性だったら今より腕力は劣るでしょうが、それでもショーの鼻を折るくらいなら可能でしょうし」

鼻を折るくらいは可能なんだ。彼らしくない荒っぽい冗談だと思い、祐奈はくすりと笑みを漏らしていた。

「ラング准将が殴るのですか？　想像できません」

こんなに自制の利いた人が？　ラング准将は職務上必要とあらば厳格な対処をするだろうけれど、イラっとしたから相手を殴るというようなことはしないと思う。

「想像できませんか？」

「はい」

遠くの稜線をぼんやりと眺める。『異世界らしい』というような突飛な風景でもない。「地球のどこか」と言われれば、そうだろうなと信じてしまうだろう。

だからだろうか……こうしていると使命を忘れそうになる。自分が聖女だなんて嘘みたいな話だ。ただの無力な十九歳の女の子でしかないのに。

「——祐奈、ヴェールを取ってみては？　私は顔を見ませんので」

その誘惑は魅力的に響いた。

言うとおりにしてみようか……返事の代わりに手を持ち上げ、そっとヴェールを摑む。

ゆっくり引き下ろすと、紗が取り除かれ、一気に視界が開けた。

ものすごく気分が良い。取り外したヴェールをお腹の前で抱える。

はぁ……と大きく深呼吸をした。『風で髪が乱れるから』というのを言い訳にして、ラング准将の胸に左頰を押し当てる。

ずっとこのまま……この穏やかな時間が続くといいのに……。

彼が口を開いた。言葉が体の芯のほうに響く。

「ショーについてですが、レップに着いたら私なりにけじめをつけるつもりでいます。ただ……

少し思うところもあって。あなたは彼に、思っていることを伝えたほうがいいかもしれません」

「思っていること……」

それはショーに立ち向かえ、という意味だろうか？

「性的な誘いをかけたことはないと、彼に訴えるということですか？」

「戦いを始めるかどうかは一旦置いておいて、とりあえずは——本心をありのまま告げてみたらいいと思うんです」

「恨みをぶつける？　嫌いだと伝える？　なんだか……それって子供みたい」

口にしてみて気づいた。子供みたいだけれど、それが一番ショーに伝えたいことなのかもしれないって。

——あなたが嫌いだ、と。

——あなたとの思い出はどれもこれも不愉快で、思い出すだけで腸《はらわた》が煮え返りそうになるのだ、と。

「どんな感情でも恥じる必要はない。モヤモヤしているものを全部吐き出したほうがいいような気がして。——腹立たしい、顔を見るのも嫌だ、殴りたい——なんでもいいと思いますが」

「そうしたら何か変わるでしょうか」

「すっきりします」

優しい声。あまりにシンプルなアドバイスに、祐奈は微笑みを浮かべていた。

「……そうですね、確かに」

「私が後ろにいますから」

「はい」

心強い。――あなたがいる――それだけで勇気が出せそうだった。

「……私って昔から、自分の気持ちを伝えるのが苦手で」

「そうでしょうか？」

「え？」

「あなたはポジティブな単語なら、わりと素直に口に出すでしょう？　ただ、他人をあしらうのが下手なだけで」

「う……やはり下手でしょうか」

自覚はしているのだが、普段なんでも褒めてくれるラング准将にそう言われてしまうと、やっぱりそうだよね……とがっくりきてしまう。この人に言われるって、よっぽどだな、と思うし。

「これまで、口説かれた時にどうしてきたのかなぁというのは不思議ですね」

「口説かれたことがありません」

顔がかぁ、と熱くなるのが自分でも分かった。彼と対面していなくてよかった。きっと林檎みたいに赤くなっていることだろう。

「……冗談でしょう？」

「いえあの、本当に……」

「気づいていなかっただけでは？」

ラング准将はからかっている調子でもない。声は真摯で嘘がなかった。だからこそ祐奈は居たたまれない。

いえあの、壊滅的にモテなかったのです……という説明を真面目にしなければならないのは、地獄だな。

「従兄にはいつも『祐奈は地味で目立たない、冴えない』と言われていました」

「本当にそんなことを言ったのなら、従兄は眼科に行くべきですね」

眼科ということは……。

「目が悪い？」

ふふ、と笑ってしまう。ラング准将はヴェールに遮られて、こちらの顔を知らないはずなのに。可愛い女の子に言うような台詞を口にするものだから。

「もしくは頭が悪いのかな」

「知らなかった。ラング准将は案外口が悪いのですね」

「正直なだけですよ。あなたの従兄は大馬鹿者です。――あなたは親切だし、善良でひたむきだ。祐奈を好きだと思う男はいたはず」

「そんなことないです。私は話も下手だし」

「私はあなたと話していると楽しい」

「でも」

必死で否定しかけて、はっとする。

「ええと、あの……私がこうして自分を卑下し続けると、ラング准将は私を褒めないといけなくなるので、これって聖女の立場を利用した接待強要ですね」

――いけない、いけない。

女の子同士の『私太った～』『そんなことないよ～スタイルいいからダイエットの必要ないよ～』のあるあるなやり取りにも似ている。こんな茶番にラング准将を巻き込んでしまうとは！

「どうぞ卑下してください。私は祐奈の良いところを伝えることができて、楽しいですよ」

「え、このやり取り、楽しいですか？」

声に『正気ですか？』という響きが混ざってしまった。

だって絶対に楽しくないと思うのだ。――好きな人の良いところを挙げるのは楽しいけれど、彼の場合は職務上仕えているだけの相手を慰めなくてはいけないわけだから、しんどいだけだと思う。

それで……変な話なのだが、愉快な気持ちになってきて。

ラング准将ってすべてが完璧なのに、すごく変わっている。変わっているから、知りたくなる。いつからだろう。もっと、もっとたくさん、彼と話したいと思うようになったのは。

胸が高鳴り、緊張はしている。以前ならば、たぶん……緊張するような相手と喋るのは、苦痛に感じたんじゃないかな。それなのにラング准将に関しては、距離を置きたいとは思わない。彼はほかの誰とも違う。

緊張するのに、一緒にいると安らげるし――胸がドキドキするのに、そばにいてくれるとすごく落ち着く。

「君といると、いつも」

彼の声はいつも特別に響く。

「――いつだって楽しい」

私も――祐奈の胸が震えた。……私もいつだって、楽しい。

「……ラング准将は優しいですね。私を褒める天才だと思います」

眼前に広がる景色を改めて眺める。気持ちが晴れてくると、空の青がくっきりと濃くなったように感じられた。

それで少し前向きな気持ちになれた。――レップに着いたら、頑張って、心のうちをショーに伝えてみようか。

「ロールパンみたいな雲」

祐奈は幸せな気持ちになり、瞳を細めた。

3 ✦ 小望月

道中のセイル地方は長閑な景観であったが、広大で、早馬で駆けてもなかなか抜けることができなかった。

とはいえ街道は急傾斜、急カーブもなく快適ではある。

目的地であるレップもそれなりに標高の高い場所にあるので、そこに至るには少しずつでも上がっていかなければならない。街道はいっけん平らに感じられたのだけれど、最終的にレップに至るということは、緩やかに上り坂にはなっているのだろう。

祐奈はラング准将に抱え込まれて馬で運ばれながら、変わりゆく空の色を眺めていた。段々と日が落ちて、茜色に染まったあと、夜がやって来る。

遠くのほうから影が濃くなり、闇に沈んでいく――……この暗がりの中を、もしもたったひとりで進んでいたら、心細くて泣きたくなっていただろうか。

けれど彼がそばにいてくれる。空の眩い光が失われても、彼がいてくれれば、何も怖くない。

祐奈は安らぎを覚えた。自分を取り囲む世界のすべてが愛おしく感じられた。

「――この辺りで休憩しましょう」

ラング准将がそう告げてから手綱を操り、馬を止める。街道脇には草原が広がっていて、休むにはちょうど良さそうな場所だった。

馬は長時間走り続けることができないので、一定時間ごとに休ませる必要がある。ラング准将は馬への接し方も丁寧で、相手にも気持ちが伝わるのか、休みを挟みつつも、根気強く走ってくれていた。

祐奈は「はい」と返事をしてから、慌ててお腹に抱えていたヴェールを持ち上げそれをかぶった。夜だから顔を隠すヴェールは不要な気もしたけれど、月も出ているし、真っ暗というわけでもない。

先にラング准将が馬から下りて、祐奈を抱っこして危なげなく下ろしてくれる。……何度経験しても、これは慣れない。

セイル地方を進む道中、ここまで何度か休憩を挟んでいて、毎度毎度こんな感じでラング准将に下ろしてもらっていた。

ひとつ前では、老夫妻が営む小売店を兼ねた休憩所に立ち寄ったのだが、『素敵な騎士様に抱っこされて馬から下ろされる女の子』が珍しかったのか、夫妻にニコニコ顔で見守られてしまい、ものすごく恥ずかしかった。

「ラング准将、ありがとうございます……わ、あ」

ひとり立ちしようとしたら、よろけてしまった。ずっと座っていたのに急に立ったのと、足元が暗くて距離感が狂ったせいだろうか。転ぶ――とヒヤリとした瞬間。

「大丈夫ですか？」

彼に抱き留められ、一気に距離が近づく。馬上で寄りかかっていたのとまた違い、今回は向かい合わせなので、祐奈は『事故とはいえ、とんでもないことをしてしまった』と顔が熱くなった。

「ご、ごめんなさい、ちょっとフラついて」

「謝る必要はないです。日中の疲れがそろそろ体に出る頃だ」

優しく気遣われれば、『いえ、ドンくさいだけです』とさらに恥ずかしくなってくる。……ラング准将ってなんでこんなに紳士なのだろうか。

しっかりと足に力を入れ、これ以上甘えてはならないと、半歩あとずさる。けれどこちらを見るラング准将の瞳があまりにも物柔らかなのに気づいてしまい、動悸が治まらない。

「ありがとう……大丈夫です」

「ここで少し待っていてください。先に馬を休ませます」

「すみません」

一緒にお手伝いしたかったが、またよろけて迷惑をかけそうな気がしたので、祐奈は通りに佇んで待つことにした。

近くにあった木に馬を繋ぎ、水をやってから、ラング准将がふたたび戻って来る。

「カルメリータさんたちは、だいぶ後ろのほうでしょうか」

祐奈はチラチラと通りの後方を気にしていたのだが、仲間の馬車が追いついてくる気配はない。

「馬車よりも馬のほうが速いですからね。たぶんかなり差がついている」

「そうですよね」

馬車には余分なものがたくさんついている。人が乗っていない状態でも、空の車両自体がすでに重い。そこに人や荷物を載せて輓《ひ》くのだから、数頭立ての馬車だとしても速い移動は無理だ。

今回は盗賊退治で時間を使ったので、ラング准将としては、祐奈を次の拠点まで負担なく送り届けるため、リスキンドらを待たずに進むつもりのようである。この休憩はあくまで、馬と祐奈のためだろう。

「——失礼」

ひと声かけられ、『え？』と思っているうちに、祐奈はフワリと抱き上げられていた。背中と膝裏にラング准将の手のひらが当たった——と思ったあとには、すでにお姫様抱っこをされている状態だった。

「わ、ラング准将、なんで？」

祐奈は間近でこちらを見おろしてくる端正な彼の顔を見上げた。びっくりしすぎて上手く舌が回らない。

「街道から少し奥に入ったほうが眺めは良さそうなので、このまま草原を歩きます」

「え？　はい、それはいいのですが——私、歩けます」

「草地で足場が悪いので」

「平坦な感じに見えるので、たぶん大丈夫じゃないかと」

「そうかな？　そうでもないと思う」

うう……おそらくだけれど、さっきよろけたせいで気を遣わせてしまっている。本当にごめんなさい！

祐奈が慌てていても、ラング准将のほうは涼しげな顔だ。

こんなことをしていただくわけには……と申し訳なく思ううちに、混乱する気持ちがつい声に出ていた。

「……お姫様じゃないのに」

「私にとってはお姫様と同じです」

落ち着いた声音でそう返され、呆気に取られる。

「そんな……ラング准将は護衛してくださっているだけで、その」

宝物のように運ばれ、祐奈は身の置き所もない。

「護衛対象があなたでなければ、こんなふうに抱き上げて運びはしませんよ」

からかっている口調ではなかった。真摯で誠実な物腰ではある……のに、少し悪戯な感じがするのはなぜだろう。

祐奈はとうとう黙り込んでしまった。もう口を開くどころではなかったからだ。

＊　＊　＊

倒木があったので、ふたり並んでそこへ腰かける。

ラング准将に言われ、祐奈は半身を捻るようにして後方の夜空を見上げた。

「――月が綺麗ですね」

――満月ではなく、少し欠けている。確か、小望月《こもちづき》、と言うんだっけ。

ヴェールをからげ、瞳を細める。白い朧《おぼろ》な月。本当に綺麗……眺めていると、吸い込まれてしまいそう。

しばらくじっと月を見つめてから、ヴェールを下ろすことにした。しかしそうする前にラング准将から制止の声がかかった。

「そのままで」

「え？」

「月があなたの背中側にあるので、ヴェールを上げたままでも顔は見えません」

逆光になるから、そうか……祐奈は素直にラング准将の言葉を信じ、ヴェールをからげたままで、体の向きをそっと彼のほうに戻した。ラング准将は夜目が利くことに気づきもせずに。祐奈の位置からはラング准将の顔がよく見える。暗い中で、彼自身が光り輝いているように感じられた。

なんとなく笑みが浮かぶ。

そしてほとんど同時に彼も笑みを浮かべていた。ラング准将と一緒にいると、こうした言語以外のコミュニケーションもしっくり合う気がして、祐奈は幸せを感じる。

「疲れていませんか？」

尋ねられ、祐奈は笑んだまま答えた。

「大丈夫です。お腹が空いていると元気がなくなりますが、ひとつ前の休憩所で軽食をいただいたので」

老夫妻が営む小売店ではずいぶん歓迎された。ラング准将が素敵な青年だからというのもあるだろうけれど、夫妻の人柄が善良なのだろう。

「あのオートケーキは甘くないので私にも食べやすかった」

「そういえばラング准将は甘いものが苦手でしたね」

「そうですね」

「本来はシンプルな焼き菓子なのに、今日いただいたのはすごく美味しかったですよね。秘伝のレシピなのかなぁ。一緒に出されたイチゴの冷たい飲みものも、すごく美味しかったぁ……」

思い出すと夢見心地に。

「私、人生最後の日は、あのイチゴの飲みものとオートケーキが食べたいです」

祐奈がうっとりと語るさまを見て、ラング准将はなんだか可笑《おか》しそうな顔をしている。

「それはさすがに大袈裟ではないですか？」

「そんなことないです」

「最後の日に食べるべきものは、もっとほかにある気がしますが」

「ラング准将なら何を食べますか？」

「うーん……難しいですね。これまで一度も考えたことがなかった」

この返しに祐奈は驚き、パチリと瞬きした。『最後の日に何を食べる？』というのは、日本だとわりと定番なネタだったけれど、こちらでは違うの？

「私が元いた世界では、これは挨拶代わりに交わされる話題なんですが」

なんとなくそう口にしたあとで、『さすがにそんなことはない、発言が適当すぎたな』と祐奈は思った。

「奇妙な風習ですね。本当ですか？」

ラング准将は信じていない模様。

「意外と盛り上がるんですけどね。すごく贅沢なものを挙げる人がいたり、普段食べ慣れているものを挙げる人がいたり」

「……だめだ、酒くらいしか思いつかない」

これを聞き、祐奈は軽く眉根を寄せた。

「それは十点の答えです」

「十点満点で？」

「いえ、百点満点で」

「いくらなんでも採点がからい」

納得がいかなかったのか、ラング准将も軽く眉根を寄せる。

そのままふたりはなんとなく見つめ合い、しばらくすると馬鹿馬鹿しさが込み上げてきて、同時に笑い出してしまった。

「ラング准将、これからこの質問は定期的にしていくので、ちゃんと考えておいてください」

「テストみたいだ」

「だって十点しか取れていないんですよ。あなたには追試が必要です」

「はいはい……あ、そうだ、ひとつ思いつきましたよ。これで追試の必要はなくなる」

「なんですか？」

「ファン・ファン・ウル――人生最後の日は、あなたと一緒にあれを食べることにします」

彼の笑みは悪戯で、それでいてどこか幸せそうにも見えた。

この答えに祐奈は虚を衝かれた。ファン・ファン・ウル……て確か。

「ポッパーウェルに入る前、そんな話をしたような……立ち寄った町の、名物料理ですよね。あれって、麺でしたっけ？」

宿にチェックインしたあとで、食事に出ようという話になり、ラング准将に町の名物料理を尋ねた。それで彼が「ファン・ファン・ウルという料理です」と教えてくれたのだ。祐奈は料理名の響きからなんとなく、それが麺であると想像した。

「実はね、祐奈――ファン・ファン・ウルは麺ではないのですよ」

「え？」

「残念ですが、違うんです」

ちょっと待って。ラング准将はあの時、ファン・ファン・ウルを食べたことがないと言っていたではないか。

「ラング准将、あれからファン・ファン・ウルを食べたのですか？」

「いいえ」

「じゃあ、いつ麺ではないと知ったのですか？　あの時は知りませんでしたよね？」

「内緒」

「ひどいです。知った時にすぐに教えてくれれば……」

「お詫びと言ってはなんですが、人生最後の日に、あなたがファン・ファン・ウルの全貌を知る時、私が立ち会いますから」

「じゃあ私はファン・ファン・ウルをずっと食べてはいけない？」

「そういうことになりますかね」

「理不尽すぎる」

「人生とはそういうものです」

――夜空には美しい月が浮かんでいて、吹き抜ける風が優しく草花を揺らしている。

幻想的な風景の中、ふたりきりでいるのに、なぜか。

「……さっきからわたしたち、食べものの話しかしていません」

祐奈は眉尻を下げ、すぐ隣にいるラング准将を見つめた。

「確かに」

「こんなに月が綺麗だというのに、私はそんなことはそっちのけで、ファン・ファン・ウルに心が囚われている」

「不毛ですね」

ラング准将のせいなのに、彼は軽くそうあしらって、くすりと笑みを漏らした。

＊＊＊

「夜、外にいるのって不思議な感じがします」

「そうですね。いつも夕刻には宿にいますから」

考えてみると、これまで夜間に移動をしなくて済んでいたのは、そうなるように旅程が完璧にコントロールされていたからだ。それを当たり前に思ってはいけないと、祐奈はあらためて感謝の念を抱いた。すべてが円滑に進んでいたのは、ラング准将やリスキンド、カルメリータがそう取り計らってくれていたおかげなのだから。

「旅の仲間がいると――特にラング准将がいてくださると、私は困ることがないです」

「それはよかった」

「こんなふうに暗い中でも、全然怖くないですし」

「……怖くないのは私のおかげなのですか？」

小首を傾げられ、

「そうですよ」

と答えたのだが。

「怪しいな」

ラング准将が不可思議な発言をする。

「何が怪しいのですか？」

「祐奈を見ていると、怖いもの知らずだなと思うことがあるので」

「え」

衝撃……自分で言うのも変だけれど、どこからどう見ても、オドオドしていない？

祐奈が目を丸くすると、ラング准将が笑みをこぼす。

「怖いもの知らずでなければ、外で爆発音がしたのに、仲間を心配して馬車から降りたりしないと思いますが」

あ。盗賊が出た時のことか。

祐奈は気まずさを覚え、頬を赤らめた。確かにあれは馬鹿げた行動だった。ラング准将に任せておけば、何も問題はなかったはずなのに。

「ごめんなさい」

「どうして謝るのです」

「ラング准将ならひとりで対処できたはずだし、私が飛び出す必要はなかった。それに……」

「いいえ、助かりました」

美しい瞳に見つめられて、息が止まりそうになった。彼の眼差しは穏やかで優しいのに、なぜか囚われているような気持ちになる。

「仕える相手があなたでよかった」

「ラング准将」

「私は祐奈の存在に助けられています」

ジン、と心が痺れた。

そうだ、そういえば……今日は色々とツイていないことがあったんだっけ。半日前の自分は、『頑張っても報われないな』と深く落ち込んでいた。

……でも、些細な失敗なんて、もうどうでもいいや。

あなたがここにいて、私に優しく微笑んでくれる。これ以上に幸せなことって、たぶんほかにないから。

4 ✦ 白

その日の夜遅く、レップに辿り着いた。

月明かりの中で見上げたレップ大聖堂は、まるで氷の宮殿のように感じられた。

本当に氷でできているとか、石壁が青っぽいとかではなく、形状から受ける印象が棘々しいのだ。

氷柱《つらら》の塊を折り、上下をひっくり返したような意匠。

先端がツンツンと尖ったような感じで、気高《けだか》さはあるけれど、なんとも取っつきにくいという印象を受けた。

立地自体は好ましい。自然に囲まれていて、ひっそりとしている。

祐奈はカルメリータの到着を待ちたかったけれど、部屋に通されて洗面所で簡単に身を清めるのが体力的に精いっぱいだった。

自覚していたよりも魔法の行使で体力を消耗していたらしい。

ラング准将のほうが祐奈自身よりも、よほどそのことを理解しているようだった。

「お休みなさい」

彼が寝室の扉を閉めた途端、祐奈はヴェールをむしり取り、ベッドに倒れ込んでしまった。

体中に錘《おもり》を下げられたみたいな心地がした。

体を横たえてしまえばもう、意識を保ってはいられなかった。

＊＊＊

翌朝には、カルメリータ、リスキンド、可愛いルークと顔を合わせることができた。旅の仲間が揃っていると安心できる。

話を聞くに、彼らは深夜遅くにやっと辿り着いたらしい。

祐奈は昨夜呑気に寝落ちしてしまったことを申し訳なく思ったのだが、リスキンドはこちらの罪悪感を吹き飛ばすくらいの元気いっぱいぶりを見せつけてきた。

彼曰く『普段女の子をナンパしている時はもっと過酷だから、このくらいでへばったりしない』とのことで、それが妙な説得力を持って祐奈の胸に響いた。

カルメリータはお疲れモードで、午前中はゆっくりするとのことである。

ルークも目が腫れぼったく、（おそらく馬車内で寝ていたと思うのだが）『俺は働きすぎたぜ。いい加減休ませてもらう』感を醸し出していた。

——リスキンドは仮眠も取らずに、後続のアリス隊について教えてくれた。

あちらは一路レップ大聖堂を目指すことを、早々に諦めてしまったらしい。途中で道をそれ、地元の宿に向かったとのことだ。

アリス隊の中にレップへの伝言係がひとりいて、その人は祐奈たちと同じ直進ルートを進んで来たので、休憩所で遭遇したリスキンドが話を聞き出したのだそう。

夜通し馬車を走らせ続ければ、朝までにはレップに着いていただろうけれど、取り巻きたちが

『大切なアリス様にはそのような負担をかけられない』と考えたのだろう。

それについて祐奈は『過保護だな』とは思わなかった。むしろ祐奈自身がそれを聞いて不思議な罪悪感を覚え、自分も気をつける必要があるのでは？　と冷や汗をかいたくらいである。

というのも、ラング准将に甘やかされている自らの立ち位置を、客観的に眺めているような心地にさせられたからだ。

いや……アリスよりも、祐奈のほうがよほどひどいかもしれない。ラング准将はクールに見えるのに、ものすごく過保護なところがあるから。

彼が今回、騎乗して突き進んだのは、そうすれば日付が変わる前に確実にレップに着けるという算段があったからだろう。そしてそのほうが、脇道にそれて宿に立ち寄るよりも、祐奈の負担が少ないと彼が考えたのは明白だった。

祐奈を優先するあまり、結果的にカルメリータに負担がいってしまっている。

ちなみにリスキンドに至っては『変に寝るとかえってつらい』とのことで、現状徹夜明けであるわけだが、彼はＤＮＡレベルで強靱なので、そんなに気にしなくてもいいかなと思っている。

＊　＊　＊

祐奈たちはしばらく部屋で待機するようにと、朝の時点でレップ大聖堂から申し渡されていた。

というのもレップ側からすると、あくまでもアリスが主客であるので、彼女が未着であるというのに、おまけの祐奈のほうにかまけるわけにはいかないということらしかった。

それで結局、肝心のアリスは昼すぎにこちらに到着したようである。なぜ分かったかというと、ちょうどその時分に、建物が横揺れしているのではないかと思うほど、レップ大聖堂内に歓声が響き渡ったからだ。

祐奈たちが通されたのは西翼の侘しい一角であったのだが、それでも遠くのほうでバタバタしている気配が伝わってきたくらいだから、本館などは上を下への大騒ぎだったのではないだろうか。

アリスが到着したので、こちらの待機状態は解かれるものと思いきや、そうはならなかった。今度はアリスの接待でてんやわんやになってしまったらしく、祐奈については、そのままステイ状態が継続された。

それからしばらくしてラング准将が司教から呼び出しを受けた。

彼は護衛責任者として、どの拠点でも司教と面談して調整を行っている。だからいつもどおりではあるのだけれど、今回ばかりは祐奈もソワソワしてしまった。

レップはいつもの立ち寄り先とは違う――ここにはアリスがいるからだ。

ソファに座っていても、妙に落ち着きがないのは、傍目にも分かったのだろう。対面にいるリスキンドが、からかいなのか気遣いなのか、よく分からない謎発言をかましてきた。

「祐奈っち。ラング准将は浮気なんかしないから、心配しなくていいって」

浮気……祐奈はピクリと身じろぎし、背筋を伸ばしたままチラリとリスキンドのほうを見遣った。

……なんだろう。突っ込んだほうがいいのだろうか。

ラング准将は祐奈の恋人ではないし、たとえアリスと良い関係になったとしても、それを浮気とは言わない。それからこのような軽口は、アリスに対しても不敬にあたるのではないだろうか。

口を開きかけて、閉じる。祐奈は途方に暮れてしまった。

「言いたいことがあるなら、ぶっちゃけちゃったほうが楽だぜ。――いいよ、俺なら聞き流す才能があるから、ドギツイこと言っても平気だし、さぁ吐いちまいな」

なんでノリノリなんですか。

「そう言われましても」

「アリスはおっぱいがでかいから、そこだけは負けていて不安、とかさぁ。あとはそう――自分には色気がないから、体でラング准将を繋ぎとめられるか分からない、とか。なんでもいいよ、言ってみ」

勝手にこちらの内心をアテレコしないでほしい。

「いや、あの、『胸の大きさだけ負けている』みたいなことは思っていませんから」

「え？　じゃあおっぱいのデカさすらも負けていないと言い張るのか？　さすがにそれは図々しすぎだろ」

チラリと胸を見られた気がして、イーッとなった。

そんなこと言ってない！　曲解がすぎる！

ほかにも色々負けているという意味なのに、からかうなんてひどい。――もう、ぶっとばしてやろうかしら。

昨日ラング准将と話した内容に引っ張られているのか、思考が若干『ぶん殴る』寄りに傾いてしまっている。……まぁラング准将が口にした『祐奈の立場だったら、ショーをぶん殴っている』という例の発言は、完全にジョークだと分かっているのだけれど。

「リスキンドさん、あのねぇ――そんなどうしようもないことばかり言っていると、ラング准将が戻って来たら、『リスキンドさんから悪質なからかいを受けました』と言いつけますからね」

祐奈はラング准将にチクるぞ、と脅しをかけてやった。

これにはさすがのリスキンドも少しピリっとしたらしく、校長先生から呼び出しを受けた子供みたいな顔でソファに座り直したので、祐奈はちょっといい気分だった。

そんなふうに阿呆なやり取りをして時間を浪費していると、ノックの音がして扉が開いた。

――はい、どうぞ――とも言っていないのに、勝手に開けるだなんて、ずいぶんマイペースな人だな、なんて思ったら。

「はぁい、祐奈。お久しぶりー」

祐奈は「え」という驚きの声を漏らしていた。

現れたのは、手をひらひらと振る華奢な体型の美少年。肩口で切り揃えられた癖のない髪が、サラサラと揺れている。

相変わらず端麗で、そして小生意気な態度だった。

祐奈はここにいるはずのない人物――ダリル・オズボーンの姿を眺め、絶句してしまった。

許可していないのに部屋に乱入してきたオズボーンが、予備動作なく祐奈に飛びかかろうとしたので、リスキンドは度肝を抜かれた。

「——お前、イカレてんのか！」

リスキンドが誰かの奇行に目くじらを立てるのを、祐奈は目を丸くして眺めていた。

そもそも旅の一行でのリスキンドの立ち位置は、やんちゃな末っ子みたいな感じで、保護者枠では決してなかったはず。大抵リスキンドが悪戯をしかけてきて、祐奈がいいようにやられて、最終的にラング准将がたしなめる、というのが一連の流れだった。

ところがラング准将が不在の状況で、平素のリスキンド以上に悪辣なトリックスターが現れた。一応リスキンドは護衛役なので、祐奈が襲われそうになっていれば、知らん顔もできない。口だけの制止ではなく、体を張って止めなくてはならない立場にある。

リスキンドは慌ててオズボーンの確保に入った。

ふたりが絡みながら視界から消えていったので——（勢いが良すぎて床に転がってしまったようだ）——祐奈はソファから立ち上がり、慌てて声をかけた。

「だ、大丈夫ですか？」

「全然大丈夫じゃないよぉ。暴力的でひどい扱いだよぉ」

床に押し倒された形のオズボーンが、半目になりながら覆いかぶさっているリスキンドを見上げている。

「被害者ヅラすんじゃねぇ！　てめーのせいで、無駄に肘打っただろうが！　痛ぇ、つーの！」

リスキンドはすっかりおかんむりだ。

いつも飄々としている彼がすっかり腹を立てているのが祐奈にも伝わってきて、リスキンドがこれほど振り回されているのも珍しいかもしれないなと感心してしまった。

「あの……オズボーンさん」

「何かな」

グレーの瞳がこちらを向く。

感情をどこかに捨ててきたかのような無機質な色。オズボーンはふざけていても、気さくに振舞っていても、いつもどこかしら空虚だ。

「こう見えてリスキンドさんは優秀なので、私に飛びかかろうとすると、鉄拳制裁を受けることになりますよ」

「挨拶のちゅーすら邪魔してくるだなんて、無粋な男だよね」

「野生動物みたいな動きで祐奈っちに接近しようとしたくせに、お前に粋かどうかを語られたくはないね」

「分かった、分かった。さっきのは軽いジョークだから、もう悪ふざけはやめるよ。落ち着いて話をしたいから、どいてくれないかなぁ？」

というわけで仕切り直しとなり――立ち上がって乱れた服を整えたオズボーンが、やれやれというように肩を竦めてみせた。

「てなわけで祐奈。部屋にずっと籠もっているのも不健全だから、散歩しない？」

オズボーンが親指で扉のほうを指して誘ってくる。

祐奈はパチリと瞬きして、

「私は部屋にいるように言われているのですが」

「そんなん大丈夫。僕が出ていいよ、って言ったら、それが法律だから。――単細胞リスキンドも、散歩をするのは止めやしないだろう？」

このふてぶてしい態度に、リスキンドが凶悪な顔つきで言い返す。

「このクソガキ、ラング准将が戻って来たら、お前がした悪事を全部告げ口してやるからな！」

……あら、どこかで聞いた会話。

祐奈は自分が少し前にされた仕打ちが、リスキンドにそのまま返っているような気がして、因果は巡ることもあるのだと考えていた。

＊＊＊

正面から眺めたレップ大聖堂は要塞のように厳《いか》めしい佇まいであったのだが、内部に幻想的な空間を抱えていた。回廊がぐるりと緑の庭園を取り囲んでいる。

祐奈にあてがわれた部屋は西翼の三階部分。

部屋を出てすぐは中庭の全景を眺めることはできない。アーチ型の窓の外には立派な樫《かし》の木が生い茂っていて、それが視界を遮っているためだ。

右手に階段室があり、

「下に降りよう」

と促される。

オズボーンが先導し、祐奈とリスキンドが並んでついて行く。

リスキンドは先ほどの悶着がよほど強烈だったとみえ、祐奈にピッタリとくっついている。普段はのらりくらりしていて、大抵のことは『たいしたこっちゃない』が口癖の彼にしては、珍しくピリピリしているようだ。

それでふと気づいた——リスキンドがああしてのびのびしていられたのって、近くにラング准将がいたからなんだなぁ、と。

別にそれでリスキンドが職務の手を抜いていたとかじゃないけれど、『ラング准将がいるから大丈夫』という安心感があるのとないのでは、大違いということなのだろう。

今のリスキンドは『過保護な兄が、可愛がっている妹に変な虫がつかないか目を光らせている』というような様子なので、祐奈は申し訳ないと思いつつも、そんな彼の慌てぶりを新鮮に感じて、少し感動してしまったくらいだった。

そんなことを考えながら歩いていたら、オズボーンが二階フロアの方角に足を踏み出したのに気づいて、少し戸惑った。

散歩というから、てっきり中庭に出るのが目的だと思っていたのに。一階まで下りないのか……ということは、館内を案内してくれる気なのかな?

中庭のほうに視線を向け、回廊をのんびりと進む。例の樫の木のそばを通りすぎたところで、急に視界が開けた。

知らず、足が止まっていた。

——ラング准将だ。

中庭に彼がいる。こちらに背を向けて佇んでいるのが見えた。

対面にいるのはアリスだ。

久しぶりに見た彼女はやっぱり素敵で、しっとりしていて、なんともいえない大人の色気があった。おそらく彼女は自分に自信があって、それが振舞いにも滲み出ているのだろう。堂々としている人は、やはり魅力がある。

祐奈みたいにちょっとしたことでオタオタしたりしないのだろうし、男性に口説かれることにも慣れているのだろう。好意を寄せられてもエレガントにあしらえるし、きっとそんなところも粋に映る。

視線も意味ありげだ。――あなたは私に気があるのでしょう？　私のためにあなたは何をしてくれるの？　と無言で問うているかのような――どこか甘いのに、一筋縄ではいかない、夜の香りがする。

アリスは楽しそうな笑みを浮かべていた。彼女がラング准将に何か言って、せっかちに足を踏み出す。

何が起きたのか、この位置からではよく分からなかった。アリスの女性らしいしなやかな体がつんのめったように見えた。

転ぶ――と危ぶんだのは、ほんの一瞬。だけどそんなわけもない。だって近くには彼がいるのだから。

ラング准将がアリスの体を抱き留めた。ふたつのシルエットがひとつに溶け合う。それはとても自然な光景に見えた。しっくりくる。

そういえば……と祐奈はぼんやりと考えていた。――ラング准将はアリスの護衛をしていたのだ。当然王都にいたあいだは、ふたりだけの時間というものがあったはず。

もしも自分がアリスの立場だったら、突然現れたふたり目の聖女についてどう思っただろうか。

ラング准将という素晴らしい男性が護衛をしてくれていたのに、聖女がもうひとりやって来た。そしてその女性は、男好きで、護衛騎士に性的嫌がらせをするような、どうしようもない小娘という評判で。そんな取るに足りない相手に、ラング准将を取られてしまったとしたら。

きっとすごく嫌な気分になるだろう。どうして？　と心の中で繰り返し問うはずだ。

もうひとりの聖女を憎みたくなるかもしれない。簡単に割り切れるものではない。

そうか、私が奪ってしまったのだ……祐奈は不意にその事実を自覚した。

計算してそうしたわけではなかったけれど、あとから割り込んで、結果的にラング准将を彼女から引き離してしまった。


ラング准将はその日なかなか部屋に戻ることができなかった。

レップの面倒な体質のせいもあるが、やはりアリス隊と初めてクロスする地点であるので、警備上も色々とゴタつく。

枢機卿が合流したこともあって、政治的な駆け引きも色濃くなっている。

ようやくレップの司教から解放され、回廊を進んでいると、マクリーンとスタイガーに呼び止められた。

彼らは平民出身の騎士であり、ロジャース家のそばで盗賊団退治をした際に、率先して協力を申し出てきた人物でもある。アリス隊の所属ではあるが、遡れば元はラング准将の部下だった。

どうやら彼らは話があって、こうして待ち伏せしていたようだ。

「先日はゆっくり話をしている時間もなかったな」

ラング准将が声をかけると、マクリーンが控えめな笑みを浮かべた。一方、堅物のスタイガーは、直立不動の姿勢でガッチリと体を固めている。

「ラング准将。盗賊退治の件では、助けてくださり、ありがとうございました」

「気にしなくていい」

「でも、相当お怒りでしたでしょう」

「それはハッチに対してだ。——お前たちの不遇については理解しているつもりだし、隊の不手際について何か言うつもりもない」

「しかし、俺たちは正しくあろうとする努力すらも放棄していました。先日あなたと一緒に戦場に出て、自分が失ってしまったものを思い出したんです。いつの間にか大事なものを見失っていた。それは誇りです。金をもらえるからとひとつのことに目を瞑ってしまえば、次も、次も、となってしまう。ふと気づけば、どうしようもない人間に成り下がっていた。だからもうこれ以上は、ハッチの隊にいられない」

「抜けるのか」

「ええ。国境を越える前に。具体的には、ローダーに着いたらそこで離脱しようと考えています。それでも報酬の半額を受け取れるし、良い節目だと思って。こちらにいるスタイガーも同様です。あと数名、我々と志を同じくする者たちも、一緒に抜ける手筈になっています」

「そうか。優秀なお前たちを失って、ハッチは大打撃だな」

ラング准将は瞳を細めて、かつての腹心たちを眺めた。

視線は柔らかく、いたわるような気配がある。そして相手への敬意も込められていた。

それを感じ取り、マクリーンとスタイガーはじんわりと瞳を潤ませた。

いつだって偉ぶらずに自然体でいるから、つい忘れそうになるのだが、雲の上にいるといっても過言ではないほどの御方だ。

身分の差。そしてキャリアの差。実力の差。ここまで圧倒的な差があると、本来ならば、下々の者に気を遣う必要もないはずだ。

しかしラング准将は良い上官でいてくれた。彼には真心があった。平民出身の自分たちのことも、よく働けば、こんなふうにちゃんと仕事ぶりを認めてくれる。

王都で彼がアリス隊を抜けた時、どんなについて行きたかったか。しかし祐奈隊の空きは一枠のみだった。

マクリーンとスタイガーは魂を分けたような親友同士であり、生きるも死ぬも一緒だと誓い合った仲だったから、別れることは考えられなかった。どちらかがラング准将の隊に入れば、どちらかはアリス隊に残らねばならない。だから立候補はしなかった。それでラング准将との縁も切れてしまった。

――かつてはこの人のために命を捧げようと思っていた。

道は分かれ、それは叶わなかったが、ちゃんとあとに残ったものもある。

敬意。誇り。短いあいだであったけれど、この人のために働けてよかった。心からそう思う。

「ラング准将には直接お伝えしておきたかった。旅の出発前——王都シルヴァースで指導を受けたこと、一生忘れません。あなたから学んだことを胸に、これからも生きていきます」

「お前たちならこの先どんな道を進んだとしても大丈夫だろう。何しろ私が目をかけていた人材だ」

我慢していたのにだめだった。ラング准将にこう言われては、こらえようとも涙がこぼれてしまう。

……男がたやすく泣くなんて……と我ながら情けなく思った。

ハッチの下で味わった苦渋。それらが思い起こされて、余計に込み上げてくるものがあった。

マクリーンは節くれだった親指で目元を拭い、気恥ずかしさを紛らわせるように、スタイガーのほうを窺った。『男のくせに泣くなよ』とからかうような目で見られているかも……と思ったのだが、それは杞憂に終わった。

なぜかというと、スタイガーは気をつけの姿勢を取ったまま、滂沱《ぼうだ》の涙を流していたからだ。頬も鼻も耳も首も真っ赤にして、ただ静かに大泣きしている。

マクリーンはそれを見た途端、吹き出してしまい、スタイガーの厳つい肩を拳で小突いてやった。

ラング准将も腕組みをして、リラックスした様子で笑みをこぼしている。

そんなふうに和やかに会話をしていた矢先のことだった。

近くでショーがひと悶着起こし始めたのは。

＊　＊　＊

レップ大聖堂の修道女から、祐奈は浴場へ行くよう指示された。部屋には簡素な洗面所しかついていない。

入浴は東翼へ――とのことだが、祐奈たちにあてがわれた西翼の居室からはかなり離れている。そして詳細もよく分からないのだった。レップ大聖堂の修道女が『司教からのご伝言です』と伝えてきたのだが、言葉足らずでどうにも要領を得ない。

修道女の態度は事務的で冷淡だった。触角のように吊り上がった細眉と、シャープな顔立ちが、取りつく島もないという印象を与える。細面の、それなりの美人なので、余計にそう感じられたのかもしれなかった。

慇懃であるけれど、人間味がまるでない。文書を音読するような調子で、必要最低限の内容を告げて、静かに部屋から出て行ってしまう。

カルメリータが急ぎ足で彼女を追い、廊下へ出て行った。

「なんだか……レップって変わっていますよね」

取り残された祐奈がリスキンドに話しかけると、彼は肩を竦めて、

「あの修道女、笑うことがあるのかね。聖具に操られている霊かなんかだったりして」

とかなんとか馬鹿馬鹿しいことを言い出す。

「リスキンドさんと小一時間も過ごせば、あの女性も笑うかもしれませんよ。『世の中には、こ

んなに突飛な男性もいるんだ。世界は広い』という驚きと共に」

「どういう意味かな。褒められている気がしない」

「あの、もちろん、良い意味で言っています」

祐奈は口先だけで答えながら、気まずくなって視線を泳がせてしまう。

「本当にぃ？」

リスキンドが半目で追及してくる。

「ええ、だって……リスキンドさんは女の人を喜ばせるのが得意でしょう？」

「じゃあ祐奈っちは、俺といて喜んだことある？」

「えと……あるような……ないような」

「その言い方だと、思いつかないんだろ」

「いやあの、ないとも言い切れない」

「なんという歯切れの悪さ。――つかさ、友達甲斐がなさすぎじゃない？　俺との楽しい思い出が一個もないのかよ」

リスキンドが腕組みをしてふくれっツラになっているので、ちょっとマズかったかな、と祐奈は反省した。いやあの……真剣に答えるなら、もちろん『ある』のだけれど、でもそういう流れではなかったし。

若干の気まずさを覚えた頃になって、カルメリータが戻って来た。

「――話、聞けた？」

リスキンドが尋ねる。

彼のこういう切り替えの速さには毎度感心させられる。……というかさっきのアレは、祐奈を困らせるために怒っている演技をしていただけなのかも、という気もしてきた。

「大浴場を使わせるのは、浄化の儀式的な意味合いがあるみたいです」

祐奈がいるとあの気取った態度が改まらないだろうからと、カルメリータは修道女を追いかけて、サシで話を聞いてくれたようだ。

「というと？　風呂場に何か仕かけでもあるの？」

「そうではなく単なる形式のようなもので……高位の神職者がレップにいらした場合は、そこを使っていただくのが慣例のようです。こういうところはとにかく決まりごとを重要視しますから、例外は許さないという感じでしょうね。ちなみに私たち使用人には、別の浴場があるとのことです」

「祐奈っちが使うのは、高位の神職者用か。じゃあキチンとしていそうだし、清潔そうだな。レップは拠点としては重要だから、枢機卿クラスの人間が訪れることも度々あるのかもね」

祐奈はそれを聞きながら、だだっ広い浴場を使うのも、なんだか気後れしそうだなと考えていた。話の流れからすると、断れなさそうだけれど。

それでふと、あることに気づいた。

「あの……その浴場は、アリスさんも使うのでしょうか？」

裸でばったり顔を合わせるというのも気まずい。昼間の、例の一件もあるし。

彼女の素晴らしく女性的な体を直接見てしまったら、ラング准将に抱き留められていたあの光景が頭から離れなくなりそうだ。……くらくらして、鼻血でも出してしまったら、もう目も当てられないよ。

　それにアリスにはいつもサンダースがついているので、もしもアリスが『使用人には、たとえ男であっても裸を見られるのは平気』というメンタルの持ち主であった場合、祐奈もそれに巻き込まれてしまう。アリスについてきたサンダースに裸を見られるのは、死んでも嫌だと思った。

　しかしそれは考えすぎだったようだ。

「ええと……アリス様は、本館付帯の浴場をご利用とのことで、その……」

　カルメリータが言いづらそうに、上目遣いに告げてくる。それで気づいた。

……確かにそれはそうよね。この厳格なレップで、アリスと祐奈が同等に扱われるはずもない。アリスが第一優先で、あくまでも祐奈はおまけだ。

　レップ側からすると、祐奈ごときを聖女として扱うのは業腹だろうけれど、慣例を重要視する方針があるので、マニュアル通りに扱うしかないのかも。

　アリスを神職者用の特別な浴場にお通しするので、祐奈のこともそうせざるをえず、向こうがメインで、祐奈にはサブの設備を使わせることにしたのだろう。

「それじゃあ行こうか」

　ラング准将が不在なので、護衛として当然リスキンドは帯同することになる。

　カルメリータは一緒に入浴するわけではないが、こういう時は一緒について来る。

　カルメリータは同性なので、本来なら浴場の中に入ってもらってもいいのだが、いかんせん祐奈がヴェールを外せないので、それもできない。そうなるとカルメリータはリスキンドと共に浴室の入口で待機ということになる。それがものすごく申し訳なかった。

ちなみにルークはお留守番。リスキンドに干し肉をもらい、満足げである。

三階の回廊からでも東翼に直接移動できるのだが、リスキンドの提案で、先に一階に下りてみようということになった。

彼曰く「そうすれば、ラング准将とばったり会えるかも」とのことである。

一階経由で東翼に行こうとすると、一度本館の拝廊を通過する形になるので、確かにラング准将に遭遇する確率は上がる。まぁ冷静に考えてみると、ばったり向こうから彼が来て、みたいなことはほぼありえないような気もするのだけれど、それでも三階を通っていたら確率はほぼゼロだろう。

なんかこの行動って、若干ストーカーっぽい感じがするな……祐奈はそんなふうに思ったのだが、異論は唱えなかった。やはりそうしてでもラング准将に会いたかったからだ。

少し前に、祐奈はアリスとラング准将が親しくしている場面を見ている。

それで少し落ち込んでしまったのだが、一緒にいたリスキンドがあれこれと慰めてくれて――(あれは不可抗力だよとか、アリスを転ばせるわけにはいかないからとか)――だからきっとこのルート選択だって、祐奈を元気づけるために提案してくれたに違いない。

気を遣われていると思えば少し気まずくもあったが、それでも嬉しさのほうが勝った。

――しかし望みどおりの結果が得られないのが、人生というものなのかもしれない。

むしろ『絶対に会いたくないリスト』の筆頭に載っている人物が、意気揚々と姿を現したからだ。これは完全に不意打ちだった。

「祐奈！　会いたかった！」

バーン！　という派手な効果音が聞こえるくらいの振り切れた勢いで、ショーが目の前に飛び出して来た。

なんていうかもう、運命に引き裂かれた恋人を待ち続け、ついに念願叶って再会を果たした、というくらいのテンションマックスぶりである。

盛り上がっているのは本人のみで、対面した祐奈のほうはゾワ、と鳥肌が立った。

リスキンドがすかさず前に出て、「お前いい加減にしろ」と若干キレながら、ショーの胸を手のひらで押しやる。

「リスキンド、邪魔をしないでくれ。俺は西翼への出入りを禁じられていて、祐奈になかなか近づくことができなかった。だから一か八か、祐奈がここを通るのを期待して、ずっとずっとずっと待っていたんだ！　このチャンスは逃がせない！」

「知ったことかよ！　なんなんだ、その一方的な理屈、ぞっとするわ」

「話をするだけだ。それを祐奈も望んでいる」

「あのなぁ！　お前が腕を斬られたあと祐奈っちに絡んで馬鹿やらかしたせいで、俺はどうしようもない思いをしたんだぞ！　ふざけんなよ！」

珍しくリスキンドがストレートに怒りをぶつけている。彼にしては不器用で真正直な主張だった。それゆえリスキンドが持て余している苛立ちがダイレクトに伝わってきた。

聞いていた祐奈は『そうだったのか』とちょっとした驚きを覚えていた。

ショーに絡まれた直後、リスキンドの気まずそうな様子には気づいていたけれど、あの時は祐奈も落ち込みきっていたので、彼をフォローできるような精神状態になかった。その後も特にその話題を切り出されなかったものだから、蒸し返すこともないかと思っていたのだが、なあなあに流してしまったのはよくなかったのかもしれない。

リスキンドの中では、あれがかなり深刻に尾を引いていて、話題に上げることすらできなかったのだろうか。護衛としてショーを馬車に近づけるべきではなかったと、忸怩《じくじ》たる思いに駆られていたのかもしれない。

祐奈自身はその後ラング准将と馬で移動をして会話をしたことで、気持ちを整理することができた。けれどリスキンドは、祐奈に許されていないから、まだあの件に囚われたままでいる。

もちろん祐奈は怒っていない。むしろリスキンドに対してはなんの恨みもないから、あの件を語り合っておく必要性に気づいていなかった。

けれど気を回してこちらから話題に出すべきだったのかもしれない。

リスキンドが祐奈の立場なら、たぶんそうしていた。彼はいつも祐奈が何かを悩んでいると、さりげなくそのことに触れる。――驚くべき察しの良さであるが、それは裏返せば、彼の心の繊細さを表しているのだ。鈍感な人なら、あんなふうに他人の心の機微には通じていまい。

「あの……」

なんだかしどろもどろになりながら、足を踏み出す。

すると角度が変わって、廊下の先のほうにラング准将の姿を認めることができた。円柱の陰にあたる部分で、二名の騎士と一緒にいる。元々はこちらに背を向けていたようだが、騒動が耳に入ったのだろう――振り返って成り行きを注視しているようだった。

ラング准将の姿を目に留めたことで、祐奈は彼から言われたアドバイスを思い出した。

――気持ちを素直に伝えたほうがいい。確かにそうだ。祐奈は頭に血が上ると猪突猛進になるところがある。

この時がまさにそれで、

「あの、ショーさん、私も言いたいことがあります！　私の気持ちを、あなたにちゃんと伝えたくて！」

きつく拳を握り、背筋を伸ばして、そんなふうに告げていた。地声が小さいから、はっきりと伝えなければ！　とにかく焦ってしまい、声も結構大きくなっている。

――ラング准将は祐奈の窮地にもちろん気づいていた。

すぐさまリスキンドが制止に入ったので、少し様子見をしていたのだが、やはり自分も向かったほうがよいだろうと判断する。

ところが。

その矢先に祐奈が想定外に強い口調で物申し始めたもので、呆気に取られて足が止まってしまった。

そうなったのは彼女のそばにリスキンドがいたせいもあっただろう。護衛なしの状態で祐奈が危険に晒されているなら、こんなふうに不意を突かれて、動きが止まったりはしない。一応の安全が確保されているという前提があってこそ、祐奈の行動に度肝を抜かれてしまったわけである。

――この時の祐奈はもういっぱいいっぱいだった。頭はグルグルしていたし、心臓はドキドキしていた。

元々社交的なほうではなく、場慣れしていない。この世界に来てからは、セクハラ疑惑をかけられて、対人恐怖症気味になっていた。そんなメンタルの祐奈が、過去自分をいじめてきた相手に対し、『あれらの行為を大変不快に感じました。それにセクハラの件ですが、あなたは嘘つきです』と言おうとしているのだ。正直なところ恐怖だった。

でもこれを逃したら、いつ気持ちを伝えられるか分からない。言わなきゃ、言わなきゃとずっと考えているのも、それはそれでストレスなものである。祐奈は一刻も早くこの重荷を下ろしたいと考えていた。

もう嫌だ。これ以上一分一秒たりとも、ショーのことで頭を悩ませたくはない。ここで告げて、ショーとはキッパリ、サッパリ、縁を切るのだ。

ちゃんと言おうとした。本当に言おうとしたのだ。

しかしその瞬間、

「俺も気持ちを伝えたい――愛してる！　祐奈、心から愛している！」

ショーが声を限りに叫んだ。

祐奈は頭の中が真っ白になってしまった。

……え……え？　な、なんて言った……？

もうクエスチョンマークが三百個くらい頭の中で乱舞している。

愛しているってどういう意味だっけ？　――アイスピックをお前の脳天に突き刺してやるぜ、地獄に堕ちな――みたいな猟奇的な意味とかあったっけ？

もしも彼がそのまま『いとおしい』という意味で言ったのだとすると、情緒がぶっ壊れてしまったんじゃない？　生理的に無理だと思っていた相手のことを、急に愛せるようになるものなの？　絶対に無理だよね？

祐奈は蛇が生理的に苦手なのだが、何があったとしても、この感情が百八十度引っくり返ることはないと思っている。もしかするとおそるおそる触れられるくらいには自分を変えられるかもしれないが、蛇を愛し慈しみ、頬ずりし、四六時中一緒にいるような関係にはなれない。

理屈ではなく、生理的に無理なものって、どこまでいっても無理だと思うのだ。克服するにしても、限界がある（蛇には悪いけれど）。

王都までの途上で、醜い毛虫を前にしたってここまでは顔を顰められないだろうというくらいの嫌悪感を滲ませて、こちらを睨んできたあの騎士と、これは同一人物なのだろうか？　腕をくっつけてあげただけで、こんなになってしまうの？

それともほかに何か原因があるのかな？　祐奈を口説き落とすと、国からものすごい額の報奨金が出るとか？

祐奈はあまりに驚いてしまい、すっかりフリーズしてしまった。

一度異世界転移しているだけに、『今度はパラレルワールドにでも移った？』という正体不明な怖さも感じていたし、すべてが信じられない気分だった。

ショーの口がよく動き、愛の言葉を垂れ流している。

要約すると、『祐奈のことを悶えるほど愛していて』『もうおかしくなりそうなほどの情熱を持て余しており』『息をするごとに愛が深まっていて胸が張り裂けそう』な上に――『一刻も早く君と触れ合いたいし』『君のほうも俺を近くに感じてほしい』のだとか。

茫然自失でしばらく絶句していた祐奈であったが、こちらが黙っているとショーが恥知らずな主張をやめようとしないので、意を決してしどろもどろに口を開いた。

「で、でもあなた、私の顔を見たのに……」

「だからこそ、だ！　顔を見た上で言う――愛している！　キスしたい！　結婚しよう‼」

――け、結婚！！！！？？？？

三段跳びの技法であるホップ、ステップ、ジャンプ的な勢いで、とんでもないところに着地したな。どういうバランス感覚しているんだ。

祐奈は言葉もない。

自分が蛇と結婚式を挙げているさまを想像し、『やはりこんなことはありえない』と思った。祐奈が苦手な蛇を愛せそうにないのだから、ショーだって苦手な祐奈を愛せるようになったはずがない。

彼は腕を斬られただけじゃなくて、あの時に頭も殴られていたのかもしれない。それでショーはどうかしてしまったのだ。

――一方、リスキンドは『結婚』の二文字をショーが持ち出した瞬間、思わず天を仰いでいた。どうするよ、これ……血の雨が降るぞ、と頭の片隅で考えている自分がいる。

しかし当事者である祐奈は、脳味噌を吹っ飛ばされたみたいにポンコツと化しているし――

（まぁこの超展開を前にしては無理もないが）――ここで事態を収拾させなければいけないのは、自分をおいてほかにないことも分かっていた。

ものすごく嫌だったが、体をショーに押し当てて、強制排除を試みることに。

リスキンドのこの強めの制止が効いたのか、近くにいたアリス隊の騎士数名が、ショーの腕を摑んでどこかへ運んで行ってくれた。

助かったぜ……もう少しでやつの脳天に全力の回し蹴りを入れてしまうところだった。

ショーのことは、馬鹿だ、馬鹿だと思ってはいたが、まさかあれほどまでとは……お願いだから、あいつを懲罰房とかにぶち込んで、一生外に出さないでくれ。

リスキンドは切にそれだけを願った。

＊　＊　＊

一連の馬鹿げた騒動を目撃することとなったマクリーンは、しばらくのあいだ開いた口が塞がらなかった。

彼自身は、もうひとりの聖女である祐奈について、容姿をいじるような中傷に加わったことはなかった。

彼は貧しい家の出であり、そのことが原因で差別を受けた経験がある。だからこそ誰かを理不尽に虐げる行為には嫌悪感を抱いていた。

それに『聖女には絶対服従せよ』というのは、護衛騎士として雇われた際に、一番初めに誓約させられた内容である。職務上一番上にくる優先事項を無視するやつは、社会人として失格だと思う。嫌ならば護衛騎士になど、ならなければよかったのだ。

そういう主義主張を持っていたので、ヴェールの聖女を中傷する騒動とは距離を取るように心がけていたのだが、アリス隊に所属している以上は、嫌でも祐奈とショーの悶着は耳に入ってくる。

ショーは祐奈の容姿が恐ろしく醜いと口汚く罵っていたはずだし、あの聖女は『アバズレ』で『どうしようもなく低俗』な『男好き』であるのだと断じていた。そして『たとえ命を取られようとも、あの女と寝るのはごめんだ』と主張していたはずだが？

一体何がどうなったら『結婚しよう』になるのか。

マクリーンは下世話な興味を引かれたものの、賢くも、それについて発言するのはやめておいた。

今、近くにはエドワード・ラング准将がいる。彼は祐奈の護衛筆頭であり、彼女にもっとも近しい人物になるのだ。

この美しく気高い騎士が、史上もっとも醜く下劣な聖女と旅をしているというのが、どうにも信じられないというか、なんだか現実味がないように感じられる。苦労しているだろうかと、旅の途中でラング准将の身を案じたこともあった。

しかし――ロジャース家のそばで顔を合わせた時にも感じたのだが、彼の顔には暗い影のようなものがない。さすがに清廉な彼であっても、汚泥の中にあれば、その輝きが曇るものではないか、などと考えていたのだが、そんなことはなかった。

これはラング准将の非凡さを表しているのか、はたまた、ヴェールの聖女のほうに秘密があるのか。

そこでふと思ったのだが、評価者に問題がある場合、その人物が下した評価は適切と言えるのか？

――自己愛が強く、怒りに駆られた人間がいたとする。冷静さを欠いているので、当然、視野は狭くなる。そんな状態で果たして正しい判断が下せるのだろうか？

そんな人間がヴェールの聖女を見て、一方的に『クズ』と断じた。しかし彼女は本当にクズなのか？

――他者を評価するには、ショーはあまりにも未熟だったのではないか。マクリーンはそんなことを思った。

しかし何かのきっかけで、ショーは自らのあやまちに気づくこととなった。それが先ほどの馬鹿げた愛の告白に繋がっているのかも。

そうなると、ヴェールの聖女をずっと護り続け、仕え続けてきたラング准将は、今どんな気持ちでいるのだろうか。

ちらりとラング准将を見遣ったマクリーンは、驚きの光景を目の当たりにすることとなった。ラング准将が虚を衝かれ、息を呑んでいたのだ。彼がこんなふうに無防備な姿を晒す彼を初めて見た。

初めて見たというのもあるし、完全無欠な超人であっても、こんなふうになることがあるのだと知って、とてつもない驚きを覚えた。

いつだって冷静沈着で、泰然と構えている人だと思っていた。命のやり取りをしている最中でさえ、ラング准将はクレバーだったから。そんな人が、このようなどうでもいいような事態に固まっている。これはどう捉えたものなのか。

ヴェールの聖女のことをどうでもいい、取るに足りない存在だと考えているのなら、こういうリアクションにはならなそうである。好意のない相手の身に何が起ころうが、突き放して眺められるものだろうから。

もしかしてラング准将なりに、祐奈のことを妹のように大切に想っているのか？　可愛がっている妹が男に口説かれているのを目の当たりにすれば、保護者として戸惑いを覚えるものかもしれない。

何しろ情の深い人だ。特に無力な目下の者に対しては、彼はより親身になる傾向がある。

……そうなるとショーの告白は、ラング准将にとっては良いことずくめのような気もしてきた。ラング准将は忙しい身であるから、祐奈の面倒を見る役目をショーに代わってもらえるなら、肩の荷が下りるのでは？

なんだかラング准将をねぎらう気持ちが湧いてきて、マクリーンはつい余計なことを口にしていた。

「祐奈様はきっと嬉しいでしょうね。元々ショーのことがタイプだったようですし」

この発言は出しゃばりかもしれないという気もしたのだが、マクリーン自身も動揺していたのだろう。

――ラング准将のアンバーの瞳がこちらに向いた。虹彩の輝きはなんとも神秘的で、吸い込まれそうなほどに綺麗だった。

　物思うように謎めいていて、男同士であるのに、対面していると驚きを覚えるほど。それでマクリーンは余計に平静さを失ってしまい、どうでもよい妄言を続けてしまった。

「リベカ教会まで迎えに来たショーに、祐奈様はひと目で恋に落ちたと聞いています。つまり外見がとてもタイプだったのでしょうね。確かにショーは、同年代の女の子に好かれるような甘い顔立ちをしている。ハンサムだけど親近感を覚えるというか。……その後やつに手ひどく傷つけられたわけだけれど、紆余曲折あって、想いが通じ合えたならよかった」

　そう……これでよかったのだ。マクリーンは若い男女を遠目に眺め、瞳を細めていた。


　ショーがどこかへ連れて行かれ、その場に残された祐奈は、とてつもない羞恥を味わうこととなった。

　衆目を集めるのは大の苦手であるのに、あれだけショーが大騒ぎしたせいで、通りかかった人が皆足を止めてこちらを眺めている。

　さらに最悪なのは、ラング准将に見られてしまったことだ。

　たぶん彼はあのような茶番劇を見せられたとしても、これっぽっちも動揺したりはしないだろう。

　だけど祐奈は嫌だった。つらすぎる。

　レップに来る途上で祐奈は『ショーに自分の気持ちを伝える』と決めた。それはラング准将からのアドバイスがあってのことだ。

あの時に交わした会話の細部までは思い出せないのだが、祐奈がショーを嫌っていること、その負の感情を吐き出し、決着をつけたいと考えていることについては、ラング准将にも正しく伝わっているものと思う。それなのに、こんなことになってしまった。

……ラング准将はどう思っただろう？　どうして黙り込んでしまったのだと、呆れただろうか？

ちょっと前までショーに対して嫌悪感があったくせに、彼から好きだと言われただけで舞い上がり、コロッと態度を変えたと思われたかも。だって祐奈が断らなかったから。

あれは不可抗力だった。ショーの言動が意味不明すぎて、上手く対処できなかっただけなのだけれど、そんなことラング准将は知らないだろう。

だったら祐奈のほうからラング准将に、「嫌いだって言おうとしたんです！　でも空気に呑まれてしまって、固まっちゃったんです」と説明すればいい。だけどなんだかそんなのは言い訳めいて聞こえるだろうし、祐奈本人ですら奇妙に感じるくらいだから、それを聞かされたラング准将だって、口先だけの嘘だと考えるかもしれなかった。

――本当は、告白されて、嬉しいと思ったのではないか？　ショーと付き合うことを考え始めたのなら、素直に認めればいいのに、と。

もしかすると軽蔑されたかもしれない……もうやだ、悲しい。私、失敗ばかりしている。

ちゃんと対処できなかった自分に対する情けなさが、今度は身勝手なショーへの怒りに転嫁する。

あんなに祐奈のことを嫌って馬鹿にしていたのに、過去のあれやこれやをすべてなかったことにしようとしている。どういう神経しているの？　人ってあんなに簡単に手のひらを返せるものなの？

昔いじめていたくせに、相手が芸能人になった途端、『小学校の時、あの子と親友だった』とか平気で言い出す人がいるらしい、という話を思い出した。『昔いじめてしまったけれど、今では後悔している。精神が未熟だった』ならまだ分かるのだけれど。

それとも、やったほうは意外と覚えていないのだろうか。

謎すぎる。頭がついていかない。

はぁ……と重いため息が出る。その場に留まっているのも気重で、トボトボと歩き始めた。お風呂に入ったら、気分もいくらか晴れるかもしれない。

廊下を進んで行くと、左手の壁際に佇むラング准将に近づいて行くことになる。けれどどうしたものかも分からなくて。このことについて彼に何か訊かれたくないと思ってしまった。

だって今回ばかりはさすがのラング准将も、冷たい目で見てくるかも……そうしたら泣いちゃうよ……絶対耐えられない。

ラング准将は誰かと話し込んでいるようだから、邪魔してはいけない、というのを言い訳にして、小さく会釈したような、顔を伏せただけのような曖昧な仕草ひとつで、その場をそそくさと通りすぎることにした。

あんなことがなければ、二、三、会話を交わしていたはずだ。

――これから浴場に向かいます、とか。

――会えてよかったです、とか。

でも何も言えない。祐奈は俯いたまま機械的に足を進めた。

なぜかリスキンドとカルメリータも無言を通していた。

――祐奈は気づかなかったのだが、リスキンドは気遣うようにラング准将にアイコンタクトを送っていた。それでも余計な言葉を発することはなかった。第三者がいる空間で、通りしなにかけるべき言葉もないからだ。

カルメリータに至っては、運命の不可解さにまで思いが及んでいた。……ラング准将が見ているこのタイミングで、どうしてこんなことが起こるのか……善良なカルメリータは、ただただ、やりきれない気持ちになっていたのである。

＊＊＊

あらかじめレップ側から借り受けていた鍵を使って、扉を解錠する。

浴場の造りは日本の温泉施設などとほとんど同じだった。扉を入ってすぐのところに広めの脱衣所がある。

リスキンドが先に入って、不審者が潜んでいないか安全確認を行ってくれた。

脱衣所内には扉が三つあって、ひとつは洗い場に通じている。そしてふたつ目は倉庫扉であることが分かった。清掃用具や備品をしまってある物置部屋だ。

そして残るもうひとつの扉には、鍵がかけられていた。内側であってもサムターン（捻るツマミ部分）がついていない。内も外も、鍵穴に鍵を挿すタイプの錠のようだ。

リスキンドが鍵を使ってそれを開け放つ。すると湿った雨の匂いが流れ込んできた。直接屋外へ出られる裏口扉だったらしい。

「……いつの間にか雨が降り出していたんですね」

祐奈は開口部に立ち、鈍色《にびいろ》の空を見上げた。

「山の天気は変わりやすいからなぁ」

リスキンドも空を見上げたあと、周囲に目を配っている。

「警備上の観点でいうと、この扉が気になる。……カルメリータに頼んで、外に立っていてもらおうかな」

祐奈が入浴中、見張りができるのはリスキンドとカルメリータの二名。リスキンドは正面入口から離れられないから、こちらの裏口はカルメリータにカバーしてもらおう――彼の言いたいことも分かる。

しかし祐奈はこの案には抵抗があった。

「あの、でも、雨が降っていますし」

「俺が外に立ってもいいけれど、やはり屋内のメイン入口のほうが重要だ。雨が降っているかは関係ないよ」

「裏口のほうは、ちゃんと鍵をかけておけば大丈夫だと思うのです」

「しかし――」

「レップは決まりにうるさいので、鍵の管理はきちんとしているはず。ここは高位神職者用の浴場ですから、問題は起きないと思います」

リスキンドは少し迷っているようだったが、祐奈のほうに譲る気がなさそうと悟ったのか、小さくため息を吐いて了承した。

「……分かった。じゃあ何か異変があったら、大声を出すんだよ」

「ええ。でも――ヴェールの聖女の裸を見てやろうなんて物好きは、どこにもいないと思いますが」

「皆無ってわけじゃない。君にはショーがいるからね」

彼の迂闊な軽口はいつものことであるが、この時ばかりは祐奈も気分を害した。

「リスキンドさん――ここでその名前を出すのは反則だと思いますが」

「あー……ごめん。今のは俺が悪い」

さすがに口が滑ったと思っているのか、リスキンドが手のひらをこちらに向け、なだめるように動かしている。

祐奈はむぅ、と怖い目つきで見据えてやったのだが、こんなことをしても、ヴェールのせいでまるで効果がないことに気づいた。

「――私、今、ものすごく怖い目で睨んでいますからね」

「分かった。実況しなくていい」

「許せません。デリカシーゼロです」

「ごめんて。本当にごめん」

早口に重ねて詫び、リスキンドがそそくさと浴場から出て行く。

入口付近で待機していたカルメリータは、呆れたようにそんな彼を横目で眺めていた。


お風呂に入ると、むしゃくしゃしていた気分がいくらか晴れてきた。体が温まったせいだろうか。

こうしてのんびり湯の中で手足を伸ばしていると、日頃馬車で移動している疲れが、知らず知らずのうちに溜まっているのかもしれないなぁ、などと思ったりもして。座りっぱなしというのは、やはり血流が悪くなるのだろう。

ラング准将は色々気を遣って、こまめに休憩を挟んでくれるけれど、それでも負担がゼロになるわけではない。

そしてそういった条件に関しては、アリスのほうも同じはずだ。

あちらは祐奈と違って大勢の人に崇拝され、要人扱いを受けている身だけれど、移動距離は祐奈たちとそう変わらないから、強行軍であることに違いはない。周りにへりくだられていたとしても、疲れるものは疲れるだろう。

祐奈などはつらいことがあっても、そもそも周囲に当たろうという発想がない。

少し先の未来を考える癖がついているというか、『これを受け入れないと、最善の結果が得られない』というのが分かっていれば、『今はそれをせざるを得ない』という結論に達する。そうすると割り切ることができるので、苛々することもあまりない。特に我慢しているという自覚もなく、やりすごすことができる。

――アリスの場合はどうなのだろう。

過去に一度対面し、今日の昼間遠目で眺めただけだけれど、彼女は祐奈よりは、自分の気持ちや要望をはっきりと伝えそうな感じがした。祐奈のように『少し先』に意識がいっているというよりも、『今』を大事にしているような印象。――旅の前に祐奈に会っておきたいと思えば自由にそうするし、ヴェールを外すように頼んできたりもする。ラング准将と話したければそのようにする。

それでも物腰がエレガントというか、しっとりと落ち着いた雰囲気があるので、自己主張をしたとしても身勝手には見えない。むしろ芯がある素敵な女性のように感じられるだろう。そういった大人の所作というのは、素敵だし見習いたいなぁと祐奈は思っていた。自分にないもので、少し憧れる。

自分がもしもアリスみたいに大人びていたなら、ラング准将との関係も変わっていただろうか……考えても仕方がないことなのに、どうしても思考がそちらに向かってしまう。

彼女だったら……彼女ならこうしない……比べてみても、意味なんかないのに。

なんだかあれこれ考えていて、のぼせそうになった。

湯から出て脱衣所に戻る。体を拭き、髪の水気を丁寧に拭い、決まった手順で下着を着けていく。

ドレスを着用する前に、まず白い綿のシュミーズを身に着ける。短袖でストンとした簡素な作り。日本で暮らしていた祐奈からすると、これだけですでに外出着の感覚がある。簡素なワンピースと同じだからだ。丈もふくらはぎあたりまであるし、夏場に若い女性がする露出度の高い格好よりも、下着とはいえこのほうがよほど保守的な気もしなくもない。

腕を持ち上げて見てみると、血色が良くなり、肌が赤みを帯びていた。

……すぐにドレスを着ると、暑いだろうな。

しかしリスキンドとカルメリータを長いこと待たせるのも気が引ける。祐奈はどうしたものかと考えながら、顔のあたりをパタパタと手で扇いでみた。

そうこうするうちに、扉が開く音がした。

カルメリータだろうか？　異変がないか確認しに来た？　とはいえノックもなしというのは彼女らしくない。

不審に思い振り返ると――漂ってきたのは、雨の匂い。

裏口扉を開けて入って来たのは、司祭平服を身に纏った三十代半ばの男性だった。しばらくぶりであるが、その特徴的な濃い顔立ちはよく憶えている。

――枢機卿。

祐奈は目を見開いた。王都シルヴァースにいた時の苦い記憶が呼び起こされる。

枢機卿は『ショーにセクハラをしたのではないか』と、祐奈を取り調べた人物だ。

「――君は誰だ」

枢機卿ローマン・アステアの鋭い視線がこちらに向いている。

え？　忘れられている？　祐奈は啞然として——そして気づいた。

そもそも彼はこちらが誰か分かっていないのだ。それはそうだろう。今の祐奈はヴェールをかぶっておらず、素顔を晒している。

「私は祐奈です。以前お会いした時はヴェールを着けていました。……というか、普段はずっと着けているんですけど」

気まずい思いでそう告げると、枢機卿が顔を強張らせた。

彼の表情には様々な感情が浮かんでいる——驚愕、怒り——そして、あの追い詰められたような瞳に滲んでいるのは——恐怖、だろうか？　けれど、なぜ？

「なんてこった、畜生……！」

思わずといった風情で枢機卿が悪態をつく。混乱しているのか、彼は頭を振り、視線を逸らした。

枢機卿の衣服には肩のあたりに雫がついている。雨の中を歩いて来たようだ。なんだかそれが不思議に感じられた。

「どうして裏口から？」

祐奈が尋ねると、枢機卿が顰めツラをこちらに向ける。

「何？」

「いえ、表口——館内から入らなかったのはなぜですか？」

祐奈は枢機卿をこれっぽっちも疑っていなかった。

以前会った彼は立場に相応しい常識的な振舞いをしていた。今は混乱の最中にあるようだが、

かえってその取り繕っていない態度も、彼の高潔さを表しているように思われた。

少なくとも、興味本位で祐奈の入浴を覗きに来るような俗物ではないだろう。

「私が滞在している部屋からここに来るには、外階段を使ったほうが早いんだ。少し濡れたとしても、入浴してしまえば同じだから」

では、彼は普通にお風呂に入る目的でここへ来たのだ。

それで気づいた――高位聖職者用の浴場――ああ、そういうことか。

枢機卿のほうは祐奈と対面した時点で、レップ側の非常識な対応に気づいていたらしい。

「まったくありえない！　聖女に提供しているのに、私にも黙ってここを使わせようなどと」

祐奈はレップ側から浴場の鍵を預かっているが、これにはスペアがあり、枢機卿も別の一本を貸与されていたようだ。だから彼は裏口の施錠を解除し、こうして入って来ることができた。

しかし危ないところだった。もう少し彼が早く着いていたら、裸で対面していたかもしれない。

祐奈は赤面し、レップの対応は確かにひどいものだと、彼女にしては珍しく怒りを覚えた。せめてほかの人も利用する可能性がある旨は教えてほしかった。その上で使用時間を分けるとか、いくらでもやりようはあったはず。

しかしこうなったのは枢機卿のせいではないし、彼に雨の中出て行けというのも忍びない。

そこで落ち着いた声で、

「私はすぐに出ますので、どうぞお使いください。先にお湯を使ってしまって、申し訳ないですが」

と伝えた。

枢機卿は耳を疑う、といった顔つきになっている。

「君はもっと怒るべきだ」

「あの、これでもちょっと怒っているのですが」

「そうは見えない」

見えないと言われましても……怒りの感情の出し方には個人差があるのだから、仕方ないではないか。

「レップの対応はひどいと思っていますよ」

「あとで厳重に抗議しておく」

「そうですか。まぁでも……実害はなかったと言えば、なかったので」

「なかったとは言えない。その格好は——」

はたと気づいた様子で、枢機卿が慌てて視線を逸らす。

「その、とにかく——何か羽織ってくれないか」

「あ、すみません」

なんだか痴女になった気分だ。祐奈的には『白いワンピース』の感覚だけれど、こちらの人からすると、あくまでもこれは下着なのかな。

棚に置いてあったブランケットを手に取り、肩に羽織る。

枢機卿は気まずそうに口元を手で覆い、ほんのわずかな時間、何事か考えを巡らせていた。

やがて彼の肩から力が抜ける。懇願するような視線がこちらに向いた。

「……少し話せるだろうか。君に謝りたいと思っていた」

祐奈は驚いた。謝られるような心当たりはない。

けれどこんなふうに頼まれては拒絶もできなかった。祐奈は小さく頷いてみせた。


大きな鏡台の前に椅子が数脚並べて置いてある。祐奈と枢機卿は隣り合った椅子を引き、そこに腰を下ろした。

なんだか素顔で話すのは落ち着かないので、祐奈はヴェールをかぶることにした。手慣れているので時間はかからない。

枢機卿がそのさまをじっと眺めながら口を開く。

「……かぶってしまうのか。もったいない」

「なんだかその……ヴェールをかぶった状態で人と話すのに慣れてしまって」

「本来、君がそんなことをする必要はなかったんだ」

どういう意味だろう？　そもそもヴェールをかぶることに意味などない。宗教上の理由もない。これはハリントン神父の気遣いから始まったもので、言ってみれば、まじない程度のものだった。あってもなくてもいい、ただの気休め。

ヴェールをかぶる意味は祐奈にとって非常にセンシティブな領域だ。それが話題に上がっていることが少しストレスでもある。

「でも始めてしまった。一度かぶれば、もう外すことはできない。私――ラング准将にも素顔を見せたことがないんです」

　だから枢機卿に長々と見せる筋合いもない。

「なぜ見せないんだ」

「だって」

　不意にすべてが馬鹿馬鹿しく感じられて、祐奈は意味もなく手を動かした。情けないような、腹が立って仕方がないような、おかしな気分だった。

　瞳にじんわりと涙が滲む。

「考えてみてください——醜いと笑われて、軽蔑されて。してもいない性的嫌がらせの件で責められて。そんなことをされたら、一生顔を隠して生きていきたいという気持ちにもなります。情けないし、みじめだった。落ちるところまで落ちた。それで——どんなふうに気分を切り替えたら、素顔を晒せると言うの？　あなたは——枢機卿は中立の立場を守っていたかもしれないけれど、私からしたら、不親切でした。ほんの少しの同情も見せてはくれなかった。そんなあなたにヴェールのことを言われたくない」

「すまなかった」

　枢機卿は打ちのめされているように見えた。感情が昂っているのか、彼の瞳が揺れている。

　——まただ、と祐奈は思った。彼の瞳には確かに恐怖の色が浮かんでいる。

「あなたは何を恐れているの？」

「私は間違いを犯した。君はローダールートを進むべきだった」

「どういう意味ですか？」

「時間を戻せるものなら戻したい！　私は悪魔に魂を売った」

彼は自分を責めている。一体どうしてだろうと祐奈は訝った。

王都シルヴァースでの聞き取り調査で、確かに彼は親切ではなかった。けれどそれが『不適切』だったとは言い切れない。

親身になってくれなかったというのはあくまでも祐奈の主観であり、ある意味では、彼の振舞いは正しかった。感情に流されて、その場だけこちらの味方をするけれど、別の時はあちらの味方をする、というようなズルさはなかったから。

「枢機卿、ちゃんと話してください」

「言えない」

「あなたは説明する義務がある」

「言い訳はしない。私を恨んでくれていい。だが詳しくは話せない」

もどかしく感じた。思わせぶりなことを言われただけで、間違いの内容は教えてくれない。途方に暮れて枢機卿を眺めるが、彼が真実を語ることはなかった。

しばらくしてから彼が言った。

「ひとつだけ、いいか」

「なんでしょう」

「ヴェールを取ったところを初めて見た……君は可愛いし、それはもう必要ない」

……可愛い？　意図が摑めず、固まってしまう。

「ラング准将にも素顔を見せるべきだ」

「え？　でも」

「ショーには見せたんだろう」

「なぜそれを」

「やつは君に夢中だ。あそこまで態度を変えた理由はひとつしか思いつかない。君の顔を見たからだ」

いや、腕をくっつけてあげたからだと思う。そう思ったのだけれど、それをあえて枢機卿に言うのも、それはそれでおこがましい気がした。

「自覚がないのか？　君はとても可愛い。言動も可愛いが、姿形も」

顔が熱くなる。枢機卿が祐奈の手の甲を見て小さく笑った。

「手まで赤い。そんなに照れることはない」

「か、可愛いって男の人から言われたの、初めてです」

ラング准将から、幼い親戚の子に対するような温度感で言われたことはある気がするが、それはカウントしないでおく。

「冗談だろう？」

「いえ、あの」

「少し慣れておいたほうがいいだろう。――ショーは退かないぞ。君があしらい方を学ばなければ」

なんと言ったものか分からなかった。祐奈が答えあぐねていると、扉がノックされた。

枢機卿が入って来た裏口ではなく、表口のドアだ。

混乱していたのもあって、普通に「はい」と返事をしてしまう。それを了承と取ったのか、扉が開いた。

――扉を開けたのは、なんとラング准将だった。


なぜラング准将がここに――祐奈は目を丸くする。

彼は祐奈がブランケットを羽織っているものの、肌着姿で枢機卿と隣り合って座っているのを見て、すっと瞳を細めた。

「……何をしているのですか」

冷ややかな問いだった。彼の瞳は祐奈のほうを向いておらず、真っ直ぐに枢機卿を見据えている。

静かなのに、なんだろう……ものすごい圧がある。盗賊退治の時に遠目で見たあの、容赦のなさに近い感じがした。

祐奈はまずいと思った。具体的に何がまずいのかは理解できていないが、色々と問題がありそうな気配は感じていた。

「ラング准将、どうしましたか?」

間の抜けた問いを発してしまう。

彼の澄んだ虹彩がこちらに向く。物柔らかな気配が削ぎ落とされると、彼の崇高さが強調され、そのあまりの美しさに圧倒されてしまう。

たぶん怒っていると思われるのに、乱れや粗雑さがどこにもない。優雅で、棘がある。

少し退廃的で、仄《ほの》かに夜の匂いがして――その大人な色気に当てられクラクラした。

「ここに来てみたら、見張り役のリスキンドから『あなたが出て来るのが遅い』と聞かされたので」

「ごめんなさい」

「謝ってほしいわけじゃない。しかし未婚の女性がそのような格好で、異性とふたりきりになってはいけません」

謝ってほしいわけじゃないと言われたけれど、じゃあなんと言ったらいいのだろう？　ごめんなさい以外の台詞が思い浮かばない。

「彼女を叱らないでやってくれ。私が不意打ちで鍵を開けて、裏口から入ったのだから」

枢機卿がフォローに入るのだが、そもそもラング准将は、彼に腹を立てているのだ。祐奈に対して、ではなく。

「ありえない」

「私のせいでもない。レップ側の不手際だ。あとで私のほうから厳重に抗議しておく」

「レップのせいにして、それで済むとでも？　あなたに責任がないとは言わせない。すぐにここを出て行くこともできたはず」

「だけど裸を見たわけじゃない。私が入った時、彼女は身支度を終えていた」

「これは『身支度を終えていた』と言えるような格好ではないでしょう」

「それはそうだが、一応服は着ていたんだからいいだろ！」

祐奈はもう身の置きどころもなかった。羞恥の極みだ。色々と軽はずみだった。それに何より……ラング准将に軽蔑されるのはつらい。

「枢機卿、今すぐ裏口から退去してください。理由は分かりますね――表口から出れば、中で聖女と何をしていたのかと勘繰られる」

「分かった、言うとおりにする」

「入浴はあとで改めてどうぞ。――祐奈が服を着ていて、よかったですね。首の皮一枚、繋がった」

そう告げられた枢機卿は、訝しげにラング准将の端正な顔を見つめ返した。そして釘を刺されることとなった。

「痴漢行為であなたを失脚させてやろうかと思っていたところですが」

「おい、勘弁してくれ！」

「――貸し、ひとつですよ」

その貸しひとつが相当高くつくであろうことが、ありありと分かる脅し文句だった。

湯冷めを通り越して、凍える……と祐奈は思った。

＊＊＊

浴場から宿泊部屋に戻るまでの移動時間、祐奈は視線を落とし、顔を上げることができなかった。

ラング准将が隣を歩き、リスキンドとカルメリータは少し遅れてついてくる。

——わぁん、どうしよう！

祐奈は動悸が治まらないし、ほとんど半ベソ状態だった。ショーの告白のこととか、枢機卿と脱衣所にふたりでいたのを注意されたこととか、色々ありすぎてものすごく気まずい。

……ちゃんと話すべきだよね？

いや、でも、ちょっと待って……本当に話すべきなのかな？　こちらからすると大事件だけれど、ラング准将からしたらそうでもないかもよ？

これまではショーがひどい態度を取っていたから、優しいラング准将は慰めてくれた。だけど今は『愛の告白をされたなら、もう攻撃されることはない。祐奈、よかったですね』という気持ちでいるのかもしれない。

そして枢機卿との浴場の件は、護衛として物申しはしたが、あの場で落着したことだから、今はもうまったく気にしていないかも。

どのみち廊下で話せる話題でもないし、そうなると臆病な祐奈は俯いて黙っているしかない。だってあれらの事件について語らないのに、白々しくほかの話題を探して雑談するというのも変な感じだし。

ラング准将のほうも黙したままだった。

——ふたりの後ろを歩くリスキンドは腰に手を当て、ガクリと項垂れた。

「……地獄の空気」

彼が漏らした呟きに、カルメリータが眉根を寄せ、横目で睨みを利かせた。

西翼の宿泊部屋に戻ると、リビングの長テーブルに食事が並べられていた。

午後六時にもなっていないし、少し時間が早い気がするが、もう夕食が提供されているのか。

大きな四角い黒盆がひとりひとつずつ、その上にたくさんの小鉢が並べられている。パッと見は和食御前みたいに見えなくもない。でも味つけは和食とは違うはずだ。朝昼兼用の食事を昼前にいただいているので、それは分かっている。その時はワンプレートでもっと簡素だったけれど。

――ちなみにレップの料理はジャガイモ、豆、鹿肉を使ったものが多いようだ。

小鉢スタイルか……これはヴェールをしたままで、食べやすいのか、はたまた食べづらいのか。

悩ましい、と祐奈は思った。

ヴェールをしたままでも食べやすいサンドイッチなどが出された場合は、皆と一緒の食卓に着くことができる。けれど麺類だとかステーキだとかスープだとか、フォークやスプーンなどのカトラリーを何度も口に運ぶ必要のあるメニューは、ヴェールをしたままでは食べられない。その場合は別部屋に籠もって、ひとりで食事をすることにしていた。

――部屋に戻って来たので、各々が好きに動き始める。

リスキンドは食卓のところに行き、椅子を引いて腰を下ろした。カルメリータは食卓を整え、食事がしやすいようにあれこれ働いている。

祐奈は楽なほうに逃げることにした。小鉢ならひとつずつヴェールの下に持っていって食べればいいので、皆と同じ席に着いても構わない気もするが、『食べづらそうなので、私は自室でいただきます』と先に宣言してしまえば、ラング准将としっかり向かい合うという勇気のいる作業は先延ばしにできそうだ。

　ところが。

「――祐奈」

　傍らにいたラング准将に呼ばれてしまった。

　う……。

　祐奈は胸の前でモジモジと指を組み合わせ、おっかなびっくりラング准将のほうを向いた。

「……は、はい」

　アンバーの瞳がこちらに向いている。相変わらず澄んでいて、綺麗な色だった。

　けれど『いつもどおりか？』となると、今日の彼はなんだか様子が変だった。怒っている感じもしないし、冷ややかなわけでもないのだが、それでもいつもの包み込むような温かみが消えている。

　……ラング准将のこういう感じって、あまり見たことないかも。どこか空虚というか。なんとなくだけれど、現代日本で激務に疲れたらしき社会人が、缶コーヒー片手にベンチでぼうっとしている時のあの感じに近い気がした。

「食事の前に少し話をしませんか？」

　尋ねられ、祐奈はビクリと肩を揺らす。

　うわぁ、来たー！　缶コーヒーとか変なこと考えている場合じゃなかった！　全然心の準備ができていない！

「は、話？」

「今日は色々ありましたので、話をしておいたほうがいいかと」

「……はふ」

やばい、噛んだ。ていうか自分に絶望……返事すらまともにできなくなっている。おそらく「はい」と言いたくない心理が働いて、それなのに「いいえ」と言う勇気もないものだから、中途半端に変な言葉が出てしまったのだろう。

混乱して視線を彷徨わせると、テーブルに着席しているリスキンドが、卓上に肘をつき、両手のひらで顔を覆っている姿が目に入った。

……え、何？　その『もうこれ以上見てらんないんだけど！』みたいな感じ。

「祐奈？」

無理だぁ、ごめんなさいラング准将、無理なのです！

祐奈はぎゅっと拳を握り、ラング准将に向かって訴える。

「ラング准将！　すぐは無理です」

「うん？」

「今日の出来事について話をするのに、三日ばかり時間をいただけないでしょうか」

「なぜ三日？」

「だめ人間が心の整理をするには、最低三日は必要なんです」

祐奈は必死だった。ラング准将は今日の出来事にあまり関心がないのかと思っていたが、「話をしよう」と言ってきたということは、関心がなくもないようだ。

そうなると祐奈としては、現状クリアできていない課題を早急になんとかする必要がある――

つまり三日のあいだにショーと決着をつけるのだ。

そうしたら三日後ラング准将と話す際に「私、やりましたよ」と言える。

なんていうか、この状態でラング准将と話してしまうと、無駄に自分に対してプレッシャーをかけてしまって、また今日みたいにショーに何も言えなくなる可能性があるなと思って。

……というのは言い訳で、だめ人間祐奈はただ問題を先延ばしにしたいだけだった。

「……分かりました」

ラング准将としてはそう言うしかなかったのかもしれないが、祐奈はとにかく『助かった！』と安堵していた。話はついたので、「食事は自室でいただきます」と小声で告げ、その場から逃げることに。

食卓に歩み寄り自分のぶんの盆を持ち上げようとしたら、顔を覆っていたリスキンドが指先を開き、隙間からこちらの様子を窺ってきたので、ちょっとイラっとした。……なんなんですか、その『あちゃー』みたいな目つき。

カルメリータが「私が運びますよ」と言ってきて、「いえいえ大丈夫です」のお約束なやり取りをしたあと、祐奈は自室に引っ込んだ。

白黒のルークが絨毯上にお座りしたままそれを見送り、パタリと耳を動かした。

＊　＊　＊

その日の晩、祐奈はリスキンドと少し話をすることにした。——ロジャース家のそばで起こった、例の件について、だ。

腕の治療後、祐奈に礼を言いたいというショーの申し出をリスキンドは許可した。そしてリスキンドがちょっと目を離した結果、ショーは祐奈に接近し、好き勝手に振舞うこととなった。

つまり護衛として不手際があったわけだが、そのことについてふたりできちんと話し合ったことはなかった。

おそらくラング准将からリスキンドには注意がいっているのだろう。けれど祐奈があの件について何かを言ったことはなかった。あの時も今も、祐奈はリスキンドがしたことを気にしてはいなかったが、この面談は彼のためのものだった。

「書斎に行こうか」

とリスキンドが言う。確かにそれがいい。

祐奈にあてがわれた西翼の居室は、スイートルームのような造りになっていた。リビングルームが中心にあって、祐奈が寝泊まりする主寝室、そのほかに寝室が四つ。

そして書斎までついているのだ。図書館のように大袈裟なものではないが、木製の書棚には分厚い本が並んでおり、かなりのものである。

書きもの机のほかには、ローテーブルとソファの応接セット。

ラング准将が書斎入口まで付き添って来て、

「――祐奈に酒は飲ませるな」

と念押ししてから扉を閉めた。

これを聞いた祐奈は複雑な気持ちになってしまった。

……やっぱり苦手克服の部屋で何かあったんじゃないだろうか？　と、改めてひとつ前の拠点、大都市ソーヤでの出来事を思い出してしまう。

今日はショーの大告白だの、浴場での枢機卿との一件だのと色々あり、結果的になぜかラング准将と気まずいことになってしまったので、なんともやりきれない。

祐奈はふたりがけのソファに腰を下ろした。リスキンドは斜め向かいにあたる、ひとりがけの肘かけ椅子に座る。

「ラング准将はああ言っていたけれど、大人同士の話は、酒《これ》がないとね」

テーブルの下から酒瓶とグラスふたつを取り出しながら、そんなことを言う。

昼間のうちに祐奈のほうから、「夜、ちょっと話しましょう」と伝えてあったので、書斎にあらかじめこれらのものを仕込んでおいたのだろう。……準備が良いと言えばいいのか、悪知恵が働くと言えばいいのか。

「リスキンドさん。私は飲みたくないです」

祐奈は元の世界にいた時、校則を破らない子供だった。

破るのが怖いというよりも、破ることに魅力を感じないというか……ものすごく珍妙な規則でないならば、別に無理してまで反抗しなくてもいいかなと思っていた。

そういうメンタルの人間であるので、リスキンドに飲酒の誘惑をかけられても、祐奈はそうしたいとは思わなかった。隠れて飲むことにワクワク感を覚えない。

とはいえ、こちらの世界では祐奈は成人扱いされるので、堂々と飲酒したところで、法的には咎められることもないのであるが。

リスキンドはさっぱりした性格なので、特に気を悪くすることもなかった。

「そう？　まぁ強要はしないよ。俺は飲むけど」

「私のことはお気になさらず」

リスキンドはグラスに琥珀色の液体を注ぎ、一口すすった。舌の上で転がすようにして、瞳を細める。

「うーん」

「どうしました？」

「いやぁ……さっきのラング准将の言葉が気になって」

祐奈がピクリと身じろぎすると、リスキンドの青灰の瞳がちらりとこちらに向く。

「酒を飲ませるなって、なんでわざわざ言ったんだろう？」

「それはこうして、リスキンドさんがこっそり酒類を持ち込むであろうことを見越して――」

「それはいいんだけどさ。ラング准将の言い方って、祐奈っちに飲酒させると重大な問題が起こる――ていう口ぶりじゃなかった？」

「う……」

「前に、酒の聖具があったじゃん？　祐奈っちさぁ、あそこで何かやらかしたんじゃね？」

痛いところを突かれた。ソーヤ大聖堂では、ジュースだと思って酒の聖具から造られたものを飲んだ。確かにあの晩の記憶は曖昧だ。祐奈は気もそぞろになってきて、ドレスのスカートを指で摘まんだり、伸ばしたりと、落ち着きなく手を動かしてしまう。

それを眺めながら、リスキンドが悪魔の囁きを落とす。

「あのさぁ、気にならない？」

「な、何がですか？」

「飲むとどうなるのか。苦手克服の部屋では、ドリンクを結構飲んでいたけれど、俺があそこにいた時は別に変じゃなかったよね。てことは――ある程度は量を飲まないと、本性が出てこない？」

「本性」

そんな、人を酒乱みたいに。

「酒乱じゃん。ラング准将がドン引きするくらいだよ？　絶対、酒乱じゃん」

怖すぎる。言葉に出していないのに、リスキンドは読心術ができるのだろうか。あと、酒乱を連呼しないでほしい。

「ラング准将はドン引きしていません。ただ飲ませないよう言っただけで――」

「あえて言うくらいだからよっぽどだよ」

「そんな、それは、でも」

「知りたくない？　自分が酔ったらどうなるかー」

「それは、その」

「俺なら友達だから、君に嘘はつかない。暴力癖があったとしても、悪態をつく癖があったとしても、ものすごい音痴な歌を得意げに聞かせたがる癖があったとしても、ちゃーんと正直に教えてあげるよ。知っといたほうがいいと思うけどなぁ……ラング准将にあの晩、何をしたのか」

祐奈はグラスに手を伸ばしていた。

「――いただきます」

「そうこなくっちゃね」

リスキンドがにんまりと笑い、酒瓶を持って、祐奈のグラスに酒を注いでくれた。

お酒を飲みながら、少しずつ話をした。

「……ごめんね、祐奈っち」

リスキンドに改まった口調で謝られる。

「ショーがさ、あの時言ったんだ――君に謝りたい、って。俺は良い機会だと思った。君はやつを許す必要はないけれど、頭を下げられれば、いくらか慰めになるんじゃないか、って。でも……俺の判断ミスだった。あいつがあんな変な状態になるとは想像もしていなくて」

祐奈は視線を彷徨わせた。視界は相変わらず黒い紗で遮られている。

ヴェール――すべてこのヴェールだ。

ハリントン神父は『これがあなたを護ってくれる』という意図で渡してくれたようだった。けれど振り返ってみると、このヴェールが原因で色々とややこしくなりすぎている気がする。これをかぶったことで、祐奈のかたくななところが強まった。

気の置けない仲間と旅をしてきて、外す機会はいくらでもあった。けれど祐奈がこれに縋ることをやめられない。

祐奈は考えながら、ポツリポツリと告げる。

「リスキンドさん、私……あなたの判断ミスだとは思っていないですよ。もっと早くに、そのことを伝えるべきでした」

「それは違う。祐奈っちは優しすぎる。あれは俺がだめだった。初め——俺はショーの申し出を却下した。危険だと分かっていたからだ」

意外な話だった。リスキンドはショーの申し出をあまり深刻に捉えずに、すぐにＯＫしたのだと思っていた。

「でも、最終的には許可したのですね。どうして？」

「ショーが、君との道中の出来事を仄めかしてきたから」

「え？」

「なんかさ、男女間の秘めごとがあるような口ぶりだった。それがすごく真実味があるように響いて。だから君は俺に、ショーとの会話を聞かれたくないんじゃないかと」

びっくりして口がポカンと開く。

「まさか……そんなものは何もありませんよ」

「そうだね。君は嘘をつかない。でもショーはそう思っていないってこと」

混乱し、祐奈は額を押さえる。ヴェールがくしゃりと指に絡まった。

「……ショーさんが私を性的嫌がらせで訴えたのは、彼なりになんらかの根拠があったということですか？　私にはそのつもりはなかったけれど」

「まぁ、やつは思い込みが激しいから」

「確かに」

ああもう、げんなりする。どうすりゃいいの、って気分だ。

リスキンドも同感なのか、鼻のつけ根に皺を寄せている。

「今日の告白、なんだよ、アレ――祐奈――大好き、愛している！　キスしたい！　結婚しよう！　だっけ」

居たたまれないはずなのに、酒が回ってきたのか、その言い回しを聞いて、祐奈は吹き出してしまった。

リスキンドも椅子の背に上半身を預けて、笑みをこぼしている。

なんだか訳もなくしんみりしてきた。人生って苦くて、どこか滑稽だ。自分も含めて皆が必死に生きているからこそ、痛々しく感じられることがある。


「人って怖いですね。なんの恨みもないはずの相手に、ひどいことができてしまう。ショーさんもそうですが、彼の取り巻きもそう――ヴェールの聖女をこき下ろして、嘲笑って、打ちのめそうとした。彼らには、なんの得もないのに」

「因果関係・利害関係がないのに、一方的に攻撃された場合――やられたほうには、これっぽっちも罪はないんだ。やったやつが百パーセント悪い」

けれど祐奈は、その意見にすぐに賛成することができなかった。こう言ってはなんだけれど、綺麗事のような気がしてしまって。

「でも……私も脇が甘かったかも」

もっと注意深く、クレバーに行動していれば、あんな目には遭わなかったかも。

あるいはもっと勇気があったら。毅然と立ち向かえていれば。

「そんなことはない。これは君が友達だから言うわけじゃないぜ。——ただ気に入らないというだけで相手をこきおろすやつの行動原理は、基本的に二パターンしかないと思っている」

「それはなんですか？」

「——コンプレックスと、相手に対する嫉妬」

「それだけですか？　ほかに——本当に相手がだめだから、適正に評価して批判しているだけ、とか」

「それはない」

リスキンドが却下する。

「そうでしょうか？」

「あのさぁ……適正な評価なら、ちゃんと相手のことも褒めるってば。褒めるのと批判、せめて半々になるはず」

そりゃあ理想論はそうだけれど、でも。

「褒めるところがひとつもないとか？」

口にして、勝手に落ち込んでしまう。価値がないから色々言われてしまったのだと、自ら認めてしまうようで。

しかしリスキンドは呆れたように眉を顰め、口元に皮肉な笑みを浮かべるのだった。

「じゃあなんでそんな相手のことをいちいち構う？　俺なら、長所がひとつもないようなやつのために、指一本動かすことすら億劫だけどね」

「それは、確かに」

『合わないから、関わらない』――本来なら、それで済むはずだ。

『合わないけれど、関わりを断てない』――そうなるのは、合わない相手が上司や客である場合だろう。できれば縁を切りたいけれど、それはどうしても叶わないというような。

あの時の祐奈とショーの関係は、いっけん上司と部下のようでもあったが、彼は祐奈を恐れてはいなかったから、このケースには当てはまらないと思う。どちらかといえばショーのほうが『上司』ぶって、威張り散らしていたのだし。

『パワハラを受けている』などの切羽詰まった事情もないのに、いけ好かない相手の評判を下げるために、あれこれと手を回すというのは、本当に不思議なことだった。

――『好き』の反対は、『無関心』なのだから。

「本当に相手に関心がないのなら、わざわざ労力割いて攻撃なんかしないよ。ネガキャンしている時点で、ものすごい面倒なことしている。それって『打ちのめしている自分』に快感を覚えているわけで、そいつのエゴが一番前に出ちゃっているじゃん。むしろノリノリでやっているじゃん。――たとえが悪いかもしれないけれどさ――蟻んこをうっかり踏みつけても、いちいち気にしないだろう？　というより気づくこと自体が難しい。どうでもいい格下の相手なら、知らないうちに踏みつけて傷つけてしまったとしても、それきりのはず。いちいち蟻一匹に執着して、そいつの悪口を吹聴したりしない。踏んだ次の瞬間には忘れている。関心もないはずだよ」

「じゃあどうして、無関係な相手をそこまで憎めるのでしょう？」

たとえ面白半分のていを装っていても、労力を使って貶めているわけだから、やはり憎しみが根底にあるということなのだろう。

「相手が憎いわけじゃない。たぶんそうせずにはいられないだけだ。そういう人間は、大抵、深く傷ついている」

「その人も過去——ほかの誰かから、傷つけられたから？」

「その鬱屈がいつまでも解消されることなく残っていて、激しい怒りの源になっている。どうしようもなく苦しいから、その衝動を目の前のものにぶつけているだけだ。その原理を、おそらく本人ですら気づいていない。——確かに彼らは傷ついている——だけどさ——持て余した怒りを、無関係なほかの誰かにぶつけたらだめだろう？　自分がされて嫌なことは、絶対にほかの人にしたらいけないんだ」

確かにそうだ。シンプルであるけれど、絶対的に正しいルール。

——自分がされて嫌なことは、ほかの人にしない。

ただ、言論の自由という観点もあるから、難しいのだけれど。

「適正な批判と、誹謗中傷の線引きって難しいですよね。——私の場合は、他者を批判すること自体を好みませんが、時には、相手の間違いを指摘することが正しいこともあるのでは？」

「そもそも適正な批判なんて、この世の中にあるのかね？」

リスキンドに言われて、虚を衝かれた。

「え？　どうでしょう……あるのでは？」

「俺の中でルールがあってさ——どうしても相手に苦言を呈さなくてはならない場合は、一対一でと決めている。本人に直接言うよ。そしてそれは、相手との信頼関係があった上での話だ。不特定多数に向けて、誰かの欠点を垂れ流すのは、ルール違反だと思うから。なんで『気に食わない』と考えたことを、その他大勢に聞いてもらわないと気が済まないんだ？　それっておかしくない？　ああ、もちろん――自分を理不尽に攻撃してきたやつのことなら、『あいつふざけんなよ』って、誰かに愚痴を聞いてもらうことはあるよ？　でもその場合でも、そいつの悪口を壁にデカデカと書いてさ――大々的に中傷してやろうなんて思わないけど」

「確かにそうですね。意地悪されたら、愚痴もこぼしたくなるものだけれど……なんの恨みもない相手のことをわざわざ言わなくても。気に入らないなら、心の中でそっと思うだけにすればいいのだし」

「さっきも言ったけれど、適切な批評ならば、批判と同じだけ褒めるはずだしね。徹頭徹尾、貶しているなら、それはもう『批判』じゃなくて『中傷』だよ。あまりに一方的な場合、もしかすると根底にあるのは『嫉妬』かもしれない。――どのみち正しくない行為だから、やられたほうは名誉棄損で戦ったっていいくらいだ。それに、それを聞いた人だってさ――知らん顔していたらだめだろ。これは『中傷』なのだと、見聞きしたことを不快に感じるくらいはしたほうがいいと思う。なんかさ……一度悪口を言われてしまうと、それを聞いたやつまで、『あいつのことは貶してもいい相手なんだ』と下に見だしたりするじゃん。面白半分に乗っかったりしてさ。あれ、なんだろうね？　それっていじめているのと一緒だから。ものすごく悪いことだよ」

ふと思ったのは、リスキンドは誰かの嫉妬を買いやすいタイプかもしれないということだった。だから語る内容に説得力があるのかもしれない。

彼は機転が利いて、仕事ができる。話も面白い。見た目も良い。

本人なりに苦労はしているのだろうが、能力が高いので、なんでも飄々とこなしているように見えてしまう――白鳥と同じで、水面下で必死に足を動かしているのを他人に見せようとはしないから。

魅力的な人は、そのぶん誰かに嫉妬される。

万人に好かれる人なんていない。

多くの人に感心されるような性格、姿形をしていれば、どうしても目立ってしまうから、足を引っ張ってやろうと考える手合いは一定数、必ず出てくる。

ところで――平凡な祐奈がこの世界で嫉妬された原因があるとするなら、それはもしかすると恵まれた『立場』にあったのかもしれない。ヴェールの件はきっかけにすぎなくて。

聖女が名誉職であるとは、祐奈自身は思っていない。けれど護衛騎士からしたらどうだろう？

――異世界から迷い込んだだけで、高い身分をもらいやがって、と面白くなかったかも。それに『不美人らしい』という要素が加わって、そんな恩恵を受ける価値もないのに、と恨みを買った。

祐奈の物腰がのほほんとして見えたのも、『苦労知らずが』と余計に反感を買った原因であったかもしれない。元の世界でも甘やかされて、のびのび過ごしてきたに違いない――だってシビアな環境にいたなら、もっと物腰がギスギスしているはずだからな――まったくこちらは苦労して生きてきたというのに、いいご身分だよ、と。

考えるうちに気重になってきた。

「自分が悪意のターゲットにされると、やっぱり自己嫌悪に陥ります。言われやすい人と、言われづらい人っているじゃないですか。なんで……なんで私なんだろう、って。どうしても思ってしまう」

「たとえばさ――自分が『ダサい』と誰かに言われるであろうことに、潜在的に恐怖を覚えているやつがいるとするよね。そういうやつは、ほかの誰かを『ダサいから』ってののしっていじめる。自分が言われたくないから、ほかにスケープゴートを見つけて攻撃することで、自分は負け組じゃないって安心したいんだ」

ちょっとびっくりした――なんとなくだけど、誰かを『ダサい』と馬鹿にする人は、自分のセンスにものすごく自信があるからこそ、そんなふうに勝ち誇れるのだと思い込んでいたから。リスキンドの理論は、祐奈が考えていたのと正反対である。

でも、確かにそうか――『ヴェールの聖女は醜い』と大声で馬鹿にしてきた人たちは、皆あまり美形じゃなかったものね。あの時リスキンドは彼らに怒っていた――『ずば抜けて顔が綺麗なラング准将は、他人の顔の美醜についてつべこべ言わない』と。

リスキンドが続ける。

「ここで肝心なのは、攻撃対象は『なんでもいい』で選ばれたわけじゃないってことだ。どうしようもなく相手がだめだからいじめているわけじゃなくて、そいつの持っている何かが『癪に障っている』んだ。根底にあるのは『嫉妬』だ。『脅威』を感じている可能性もある。いじめっ子は相手に嫉妬している――それは相手の頭の良いところかもしれないし、見た目の良さかもしれないし、裕福なところかもしれないし、ハイセンスなところかもしれない。あるいはその人の善良性であるとか、平和な雰囲気であるとか、家族仲が良さそうとか、友達と楽しそうにしているとか、没頭できる趣味があって羨ましいとか——そんなありふれたことが原因かもしれない。人はさ——どうしようもなく嫉妬深い生きものなんだ。なんにでも嫉妬できる。嫉妬自体は罪じゃない。でもそれで誰かに嫌な思いをさせたらだめだ。絶対に。——誰かを攻撃したくなったら、自分の不健全な精神状態に気づいて、ブレーキをかけなければならない。そうしない限り、その悪い癖は直らない」

リスキンドが言いたいことは、誰かの背後に回って好き勝手に石を投げつけて、自分は安全圏にいるから何をしても無傷で切り抜けられると思っているなら、それは大間違いだということだろうか。

きっとそのうち誰かに言われることになる——『鏡を見ろ』と。

「ちゃんと負けを認めろ、ということですね」

自分の欠点と正しく向き合えば、他者の良い部分も素直に評価できるようになるのだろうか。

確かに、相手を引きずり下ろして泥をつけてやろうと考えるよりも、他者の良いところを認めてそれを吸収していったほうが、よほど建設的だと思う。

祐奈はヴェールの下にグラスをくぐらせ、酒を口に含んだ。

しばらくふたり、会話を中断して酒を楽しむことにした。

血流が良くなって、ぽぅっとしてくる。……酔ったかな……酔ってきたかも。

「うー……熱いなぁ」

「祐奈っち？」

祐奈は手を上げて、ヴェールを引っ掴むと、それをグイと引き下ろした。視界が開けて、ほっとする。

ふと視線を巡らせると、リスキンドがあんぐりと口を開けているのに気づいた。

「リスキンドはん……にらめっこですか？」

「リスキンドはんて」

反射的に突っ込みを入れたリスキンドは、一拍遅れて青くなった。

「うわぁマズイ、マズイ、マズイ……ここで俺が見てしまったのは非常にマズイぞ。つーか、これか——ラング准将が酒を禁じた理由はこれだな？　謎は解けたが、ちっとも嬉しくない！」

「ろうしました」

「ろうしましたてなんだ」

なんだかよく分からないのだが、リスキンドがとにかく慌てている。

祐奈は可笑しくなって、ケラケラと笑い出してしまった。

「リスキンドぉ、落ち着けよぉ、騎士だろぉ」

「なんだこれ、性質《たち》悪ぃな畜生……！　前世で百人くらい男転がしてきたんじゃねぇのか」

「口が悪いぞぉ、ラング准将に言いつけるからなぁ」

「そうだよ、ラング准将に殺される！　あのぉ祐奈さん……取り急ぎ、ヴェールをつけてもらえないでしょうか」

「断る」

「そう言わずに、どうか、どうか！」

よく分からないが、土下座された。

祐奈はそれを見て、渋々要求を呑むことにした。……こっちの世界でも、土下座ってあるんだ、びっくり。

「いいでしょう。リスキンドはんは友達ですからね」

「だからリスキンドはんて何」

祐奈がおぼつかない手つきでヴェールをかぶっているあいだ、リスキンドは塀から落ちそうな卵の様子を窺っている人……みたいな感じで、両手を突き出して、警戒態勢を取っていた。

そして第六感でも備えているのか、このタイミングで扉が開き、『あの人』が顔を出した。

「……飲ませるなと言ったのに」

ラング准将が惜しげもなく圧を放ちながら、リスキンドを冷ややかに見据える。

「わぁごめんなさい！　反省しています！」

「あとで俺の部屋に来い」

絶対怒っているじゃん！　なんか自分の首と胴が離れている未来図が見えたのですが……リスキンドは震え上がった。

でも決定的な場面を押さえられなくて、よかったぜ。祐奈っちに土下座した甲斐があったと胸をなでおろすリスキンドなのだった。

5 ✦ 黒

翌日も朝からラング准将は大人気だった。

レップ大聖堂の司教、枢機卿、アリス——誰も彼もがラング准将と話をしたがるよな、とリスキンドは考えていた。このあとも顔を出すように言われているらしい。

ちょっとやそっとのことではびくともしないはずの彼が、なんだか少しお疲れモードのように見えたので、リスキンドはつい声をかけていた。

「もしかして……機嫌、悪いですか」

「どうしてそう思う?」

「うーん……」

リスキンドは躊躇った。答えが出ていないのではなく、口にしてよいのかを。

そもそも彼は好き勝手に振舞っているようでいて、他者が大切にしている領域に踏み込むかどうかの判断は、かなり慎重に下すところがある。おめでたいことなら冗談めかしてからかうこともあるけれど、今回のケースはまた違うというか、ラング准将のほうから相談されたのでなければ、迂闊に口を出さないほうがいいと思っていた。

「遠慮しなくていい」

「そうですねぇ、機嫌が悪いのとも違うような」

「機嫌は悪くない」

「……では、途方に暮れている？」

自分で言ったくせに、その内容のありえなさに改めて驚いてしまう。

……ラング准将が途方に暮れているだって？　そんな馬鹿な！

ラング准将は命のやり取りをしている時でさえ、すべきことを見失ったりはしない。けれど今日の彼はやはり、いつもと違うように感じられるのだ。

この時ふたりは書斎で話をしていた。

ラング准将は机上に浅く腰かけ、腕組みをしている。彼にしてはお行儀の悪い態度であるが、お育ちが良いせいか妙にさまになっていた。

リスキンドは彼の傍らに佇み、気遣わしげにラング准将を見遣る。

ラング准将のアンバーの瞳が、なんだか億劫そうに伏せられた。端正な大人の男がこういう仕草をすると、妙な色気が滲むものだ。

それを眺めるうち、リスキンドは本格的に心配になってきた。

「あの、大丈夫ですか？」

「――祐奈のことだが」

「え」

「彼女は……ショーが好きだったのだろうか」

ラング准将の美しい虹彩が気まぐれのようにこちらに向く。リスキンドは呆気に取られ、彼の琥珀色の瞳を見つめ返した。

「はぁ？」

驚きすぎて、衝撃が少し遅れてやってきたくらい。

……ええ？　まさか、冷静沈着、ミスをしない、ミスター・パーフェクトなラング准将に対して、『あなた正気ですか？』という感想を抱く日がこようとは！

「昨日のあの告白」

ラング准将が眉根を寄せ、口元に仄かな笑みを浮かべる。

なんともいえない空気が流れた。

分かっている——彼はおかしいから笑っているわけではない。たぶん今リスキンドも同じ表情になっているはずで、こちらの内心も、おかしみとは無縁だった。

根底にあるのは、呆れ。そして怒り。

個人的な感情は抜きで判断したとしても、あれはない。

散々ヴェールの聖女を貶めておいて、『愛している』は勝手がすぎる。チンパンジーでももう少し分別をわきまえていると思う。

遡ってみれば、ショーが王都で祐奈を糾弾したことがきっかけで、揉めに揉めることとなった。ヴェールの聖女の評判が地に落ちたため、引き取り手がおらず、ラング准将は祐奈の護衛をすることになった。それは結果的にはよかったのかもしれないが、だからといってショーを褒める気になれないのは当然の話だった。

国の一大事が、ショーの世迷い言ひとつで、捻じ曲げられてしまった。

正しい経緯を踏んだ上で祐奈がサブに回されたなら、それは仕方のないこと。けれど現実はそうじゃない。

ひとりの無害な女性をあれだけ叩きのめしておいて、呆れたことに、今度は恥知らずにも好意を示す――振り回されたラング准将としては、いい加減にしろと言いたいところだろう。そしてそれはリスキンドも同じだった。

けれどたぶんラング准将がこれから言うことは、そういった道義心とは関係がないことだ。おそらく私的な事柄。

「ショーから『愛している』と告げられて、彼女は何も返さなかった。俺は祐奈がすぐに拒絶すると思っていた。結婚しようと言われたんだ――『いい加減にしろ』という言葉が口を衝いて出るだろう、と。でも違った」

「それはでも、驚いただけでは？」

「そうかな」

「そうですよ」

どうして分からないのだろう、リスキンドは心底不思議に思った。祐奈を見ていれば、ショーに気がないことは分かるじゃないか。

ロジャース家近くで盗賊退治をしたあと、リスキンドはうっかり一瞬だけ『祐奈はもしかするとショーを好きだった時期があるのかも？』と思いかけたことがある。というのもショーがあまりにも自信満々にそれを主張したから。

けれどすぐに『やっぱりそれはない』という結論に達した。過去の話だとしても、それはありえないだろう、と。

なぜなら祐奈がラング准将とふたりでいる時のあの幸せそうな空気――あれが一時でもショー

に向けられていたことがあるとは到底思えなかったからだ。祐奈が迷い込んだリベカ教会から王都シルヴァースまでは数日で移動できる。ショーと行動を共にしたのは、たった数日――慎重な彼女がそのあいだに沸騰するほど気持ちを熱くしたとは思えない。

それはもう『1＋1』が『2』だというくらいに、明白なことである。それがよりにもよって、当のラング准将が分からないとは。

――あなたなのに。

ショーがどうのこうのではなく、祐奈の一番近くにいるのは、あなたなのに。

「元々、祐奈はショーに好意があったのかもしれないな、と」

彼の呟きはあとに何かを残した。まるで水に落としたインクが滲むように、ジワリと。

それを聞いたリスキンドは眉尻を下げ、小さく息を吐く。……ラング准将も人間なんだなぁ。しみじみとそんなことを思いながら。

「それは絶対ないと思いますよ」

「なぜ？」

なぜ、って。

「彼女を見ていれば、分かります。分からないやつは寝ぼけている」

「ずいぶんな物言いだな」

「私情を挟むと、物事が見えなくなりますからね。早く目を覚ましてください」

そう言ってやると、ラング准将が片眉を上げてみせた。それはいつもの彼らしい、余裕のある大人な態度だった。

「……お前に説教されるとはね」

彼の口元に笑みが浮かんでいるのを眺めて、リスキンドも微笑んでみせる。

「人聞きの悪いことを。これは励ましているんですよ」

部屋を出て行くラング准将の背中を見送りながら、リスキンドは難しい顔になっていた。すれ違っているなぁ……これはよろしくない兆候かもしれない。

遠くに見えていた雨雲が、ふと気づけば頭上に差しかかっていたというような、なんともいえない嫌な予感がした。

＊＊＊

ラング准将不在の中で、祐奈はアリスから呼び出しを受けた。

伝えに来たのは例の触覚のような眉をした修道女で、先日同様、事務的で冷淡な態度を崩そうとしない。「すぐにアリス様の待っている部屋に行くように」と告げるだけで、詳しい説明をする気もなさそうである。

そういえば……と祐奈はあることを思い出していた。

浴場のダブルブッキングについて、枢機卿は『レップ側に抗議する』と言っていたように記憶している。あれはどうなったのだろうか。きつく言い含めておいてくれないと気が済まないということでもないのだが、こうなってくると顛末が気になってくる。

というのも、修道女の態度があまりに不遜であり、先日のミスを気にしている素振りが見られなかったからだ。枢機卿から叱られれば、今後は失礼のないようにと過剰に気を遣いそうなものである。しかしそんな感じもない。

リスキンドは警護役として浴場に帯同していたし、一連の出来事に納得もいっていなかったので、彼が口火を切った。

「昨日のレップ側の不手際により、こちらは大変不快な思いをしたのだが――まずそのことを詫びたらどうだ」

「わたくしはただの伝言役です。今はアリス様からの呼び出しのお話をしていますので、関係ない話をされても困ります。無駄にゴネるのをやめて、早くアリス様の元へ向かってください」

伝言役と言うわりに、修道女の言動はまるで上司か得意先のそれである。しかも彼女はレップではかなり高い地位にいることがカルメリータの調べで分かっているので、『私は知りません、関係ありません』という態度を取るのはいかがなものかと思われた。

「あの件で枢機卿から抗議はいっていないのか」

「枢機卿には誠心誠意、お詫びしました」

「こちらには？」

「アリス様のお部屋にお向かいください――これ以外、申し上げることはございません」

取りつく島もない。これにはリスキンドもすっかり気分を害していたし、カルメリータも同様だった。普段温和なカルメリータがきつく眉を顰め、修道女を睨みつけている。

そんな中、祐奈は考えを巡らせていた。……なるほど。

あの一件は枢機卿に対しては詫びるが、ヴェールの聖女に対しては、頭を下げる必要はないと考えているわけね。清々しいほどに分かりやすい。

　ここで『こちらにも誠心誠意詫びてください』と迫ってみても、彼女が改心することはないだろうし、それこそ時間の無駄になる。この人はこれっぽっちも申し訳ないと思っていないのだから。

　祐奈は深く息を吐き、落ち着いた声音を心がけて彼女に問いかけた。

「アリスさんとの会談――了承してもいいですが、条件があります」

「あなた様は条件をつけられる立場では――」

「では、私の首に縄を括って、引きずって行きますか？」

　祐奈が退かないと分かったのか、修道女の取り澄ました顔に嫌悪感が滲んだ。

「そのように居直られても困ります。とにかく急いでもらわないと」

「では条件を聞くべきです。私は譲りません」

　しばし沈黙が流れた。相手は敵意と苛立ちを滲ませてこちらを睨み据えてくるのだが、祐奈のほうは『関係ない』という気分だった。

　以前は、誰かに嫌悪の感情を向けられるのがつらかった。他者には礼儀正しく親切に振舞うようにしていたから、その反応が心ないものであった場合、なんだか裏切られたような気持ちになって。

　自分が不甲斐ないから、そのように軽く扱われてしまうのかと、自身を責めてみたりもした。

　けれど長い旅をしてきて――少しだけ変わったのかもしれない。

　こちらに対して苛立ちを覚えるのも、一方的に何かを要求してくるのも、それはすべて相手の都合だ。祐奈には関係がない。

あのラング准将でさえ、有象無象の輩《やから》から、面倒事を押しつけられてしまうことがあった。

その時、彼はどうしていた？　――自分の頭で考えて、判断していた。

時にはバランスを見て、ラング准将のほうが折れることもあった。彼は万事が万事、正論を通さなければ気が済まないという主義の人でもなかったから。

その場合でも伝えるべきことは伝えていた。だから祐奈もそうすべきだ。

相手が勝手を言うのだから、こちらが言う権利もあるはず。別にへりくだって、レップ大聖堂の人たちを満足させてやる義理もない。

祐奈は慌てずに待った。この状況でこちらがしてやるべきことは何ひとつない。

――さすがに分の悪さを悟ったのか、修道女の顔つきが変わった。侮蔑と高慢が引っ込み、改まった表情になっている。それでも『気さく』とはほど遠い有様であったが、前よりはいくらかマシだった。

「……どうしろとおっしゃるのですか」

「アリスさんとの会談ですが、枢機卿にあいだに入っていただきたいです」

まず、無条件にアリスからの要求を吞むのは問題外。目の前の修道女がこれだけ強く押してくるということは、アリスから相当な圧をかけられて、ここへ来ているということだろう。何かを無理強いしてくる相手に無条件に従うのは、リスクが大きい。

いっそ完全に突っ撥ねてみるというのもひとつの手だけれど、アリスの用件が何かは少し気になる。聞いておいたほうがいいかもしれないと祐奈は判断した。

そうなると第三者に立ち会ってもらったほうがいい。立会人はなるべく中立の立場を取れる人で、役職の高い人が望ましいだろう。

今レップにいる一番身分の高い人は枢機卿――彼が中立かどうかは疑問だけれど、ほかに適切な人がいないのだから仕方がない。

――ところで枢機卿とラング准将だと、上下関係はどうなるのだろう？

ふたりが会話した時のことを思い出してみると、なんとなく『枢機卿のほうが上なのかな？』という感じがした。……ただなんて言うか、単純な図式では枢機卿のほうが上でも、背負っているもの――家格や人脈、職務上の権限、その他諸々が乗ってくると、もしかするとラング准将のほうが上なのかもしれないという気もした。ラング准将が本気になれば、枢機卿を抑えることはさして難しくないのでは？　そう思ってしまうのは、枢機卿のほうが明らかにラング准将を恐れていたから。

「ですが、枢機卿はお忙しい方です」修道女が硬い声で返す。「大体、このようなことで煩わせるのは――」

「あなたが今すべきことは、この部屋をすぐに出て行き、枢機卿の元に向かうことです。そして協力を取りつける。――私から話すことは、これ以上ありません」

祐奈が言葉を切ると、控えていたカルメリータが前に出た。彼女らしからぬドスの利いた低い声で修道女に詰め寄る。

「私に力ずくで摘まみ出されたくなければ、とっとと出て行って」

修道女は尻尾を巻いて逃げ帰って行った。カルメリータのあまりの迫力に、本当にそうされると恐れたのだろう。

リスキンドが肩を竦めてみせる。

「俺の出る幕はなかったな。驚いたことに、カルメリータは優秀な護衛にもなれる」

「今頃気づいたんですか？」

祐奈は横目で彼を眺め、笑み交じりにそう言ってやった。


一行はアリスの待つ部屋に向かった。

彼女にあてがわれた部屋は本館の二階部分にあり、そのことが少しばかり意外に感じられた。祐奈の部屋が西翼の三階なので、アリスのほうはそれより上の階だと思い込んでいたのだ。

しかしこれはこれで理にかなっているのかもしれなかった。レップ側としては、彼女の素晴らしく華奢な『おみ足』に、長い階段を上り下りするような負担をかけるのは、とにかく忍びないと考えたのかも。

部屋の大扉の前に、枢機卿と側近のアンが待ち受けている。

アンと対面した祐奈は、驚きと共に懐かしさを覚えていた。――そういえば前回初めてアリスと対面した時も、彼女が迎えてくれたのだった。

濃淡のあるブロンドに、不思議な虹彩を持つ女性。その淡い色合いが、彼女が身に纏っている白い聖職服によく合っている。

義手の件でずいぶん嫌な思いをしているようであるが、こうして旅に帯同しているくらいだから、それなりの地位に就いているのだろう。確か、身内がお金を積んで、枢機卿の側近になれるようねじ込んだと言っていたっけ。

枢機卿としては、聖女と絡む際に女性の部下をそばに配置することで、ワンクッション置きたいと考えたのかもしれない。浴場での一件を考えると、スキャンダルを避けるためにも、そのような自衛は必要かもしれないなと祐奈は思った。

枢機卿が進み出てきた。彼が改まった口調で切り出す。

「中にはアリス様のみがいらっしゃる。失礼にあたるので、護衛は入れない」

「失礼にあたるとはどういう意味です？」

リスキンドが訝しげに問う。——相手を特別視しているからといって、なんでもかんでも気を遣えばいいというものでもないだろうに。

「男子禁制とアリス様から言われている」

「向こうも護衛なし？」

「そうだ」

「それを信じろと？」

「私も中には入れない。君と私はここで待機だ。——これに関しては、私を信じてくれとしか言いようがない」

リスキンドは迷った。無礼を承知で枢機卿を突っ撥ねて、ラング准将を呼びに行くべきか。

——一方の祐奈はリスキンドの気持ちも理解できたし、自身も戸惑いを覚えていた。そこで枢機卿に意見を伝えてみた。

「枢機卿にあいだに入っていただくのが条件だったのですが」

「それはできない。序列的に私よりもアリス様のほうが上だから、彼女の意向が最優先される。――ただ、君が『あいだに入ってほしい』と要求したので、私はここで待機し、中での君の安全を保障する。それで納得してほしい」

……困った。これならいっそ初めから会談を突っ撥ねてしまったほうがよかったかもしれない。祐奈のほうから枢機卿を巻き込んだのに、彼が『保障する』と言っているのを一切信用しないで、このまま自室に引き返すのはまずい気がする。アリスだけでなく、枢機卿にまで喧嘩を売ることになる。

「ラング准将を呼ぼう」

リスキンドが横目でこちらを見て、そう言った。彼にしては珍しく切羽詰まった口調だった。それを聞いた祐奈は小さく息を呑んでいた。……ラング准将を呼ぶ？　――いいえ、だめだ。彼の立場を悪くしてしまう。

ここにラング准将を呼び寄せた場合、彼はこの条件下での面会を許可しないだろう。――そう、絶対に許可しない。

けれど敵意を示したわけでもない上位者のアリスに向かって、護衛騎士が盾突くことは、本来あってはならないことだ。護衛騎士は『聖女を敵から護る』のが仕事なので、『別の聖女から、自分が仕えている聖女を護る』というのは職務内容から逸脱している。

「彼女をひとりで行かせられない」

ショーを止めなかったことがまだ尾を引いているのか、リスキンドが枢機卿の申し出を拒否したので、祐奈は驚いてしまった。

どうしよう……どうしたら……。

「誤解しないでほしいのだが、祐奈ひとりで入れとは言っていない」

「というと？」

「侍女は帯同して構わない」

枢機卿の視線がカルメリータに向く。そして彼は傍らに控えている側近のアンに視線を移した。

「それから念のため私の部下もつける――こちらのアンを」

女性二名がつく。それならば。

祐奈は覚悟を決めた。何も中に魑魅魍魎《ちみもうりょう》が待ち受けているわけでもない。

アリスと前回会った時は正直なところ、あまり良い印象は抱けなかった。それは彼女のせいというよりも、サンダースの不遜な態度に原因があった。

体の大きなサンダースは威圧的で、粗暴で、恐ろしかった。彼は祐奈の肩をガッと押さえつけ、「跪いてください」と無理矢理膝を突かせた。あれはもはや暴力だった。

とはいえ今なら雷撃を使えるから、過剰にサンダースを恐れる必要もない。

だけどそう――アリスは『男子禁制』と言っているようなので、あくまでも彼は中にいないことになっているのよね。……本当だろうか？　どうだろう……でも、こんなことで嘘をつくのはデメリットが大きい気もする。

嘘をつけば枢機卿の顔を潰すことになるし、アリスもそんな馬鹿な真似はしないのではないか。そして枢機卿の側近であるアンも帯同するので、それが保険になる。

「――大丈夫です。私、行きます」

長は自分だ。決断は祐奈が下す必要がある。決定だという意志を込めてリスキンドに伝えた。

ところが。

大丈夫なはずなのに、どうしてか、リスキンドの瞳に不安の影がよぎった。

「……上手く言えないけれど、なんとなく嫌だ」

「リスキンドさん」

「もう一度考え直してくれ。俺はラング准将を呼ぶべきだと思う」

それはできない。そうしたいけれど、やはりできない。

「ラング准将は呼びません」

「祐奈っち、でも」

「ロジャース家のそばで一緒に戦ったこと、覚えていますか？」

静かに問いかけると、リスキンドの青灰の瞳が見開かれた。

あの時――爆発音が響き、盗賊がなだれ込んで来て。

空の青が眩しくて、雲の流れは速く、風の強い日だった。

リスキンドが拳を握り――やがて肩の力を抜く。

「君は強かった。とても」

「ここで私を行かせることに、不安がありますか？」

「……いや」

「私は大丈夫。あなたもここにいる。扉一枚隔てた場所に」

「分かった。何かあればすぐに呼んで。駆けつける」

「信頼しています」


大扉が開く。

入室を許されていないリスキンドは、扉が開いているあいだに、素早く中の様子を確認した。

アリスはひとりきりで部屋の中にいた。堂々たる態度だ。部屋の中ほどにある猫足の豪奢なソファに腰を下ろして、笑みを浮かべている。

彼女の滞在している部屋は豪華絢爛だった。柱の細工ひとつとっても、優美で華麗である。

祐奈は振り返り、リスキンドに小さく頷いてみせた。

リスキンドも同じように彼女を見つめ返す。

——扉一枚。

何か争いが起きれば、音は外に漏れる。そうしたら相手がＶＩＰだろうがなんだろうが関係ない。祐奈を護る。アリスに対して後れを取るつもりはなかった。

リスキンドは祐奈の忠実な護衛なのだから。

枢機卿が外からゆっくりと扉を閉める。

枢機卿とリスキンドは廊下に残された。

＊　＊　＊

「――いらっしゃい、祐奈さん。王都シルヴァースで会って以来ね」

アリスの声は少し弾んでいた。

姿勢、足の流し方、すべてが艶っぽい。唇は濡れたように光っていて、彼女が口を開くと、何か別の生きものであるかのようにそれが蠢《うごめ》く。

夜の蝶のように移り気で、それでいて堂々としている。聖女というよりも女主人のようだ。彼女は他人を従わせることに慣れ切っていて、その自信が全身から滲み出ているように感じられた。

アリスは上質で大人びたオフホワイトのドレス姿。

対し、黒いヴェールをつけた祐奈。

今、室内にはふたりの聖女がいる――白と黒――

気を強く持って入室した祐奈であったが、一瞬でその雰囲気に呑まれてしまった。

なんだろう……すごくやりづらい。

上手く言えないのだが、車で山道を上がって行った時の、あの感じにも似ていた。気圧の変化で耳が詰まって、そのことで常と違うのだと改めて認識するような、あの感じ。

理由はよく分からない。とにかく、ここがアウェイだということに、改めて気づかされる。

入る前にもあれこれ心配はしていたのだけれど、それでも危機感はまだ薄かったのだろう。世間で格差はつけられているが、なんとなく心のどこかで、アリスは自分と同じ立場なのだと思っていた。――聖女としての優劣はないはずだ、と。

でも……本当に？

自信が揺らいでくる。この圧倒されるような感じはなんなのだろう？

ふと、アリスの左腕に嵌まった眩い金のブレスレットに目がいった。

あれだ――あのブレスレットから強い力を感じる。

祐奈は反射的に自分の腕に嵌められたブレスレットに触れていた。

何かがおかしい。

祐奈は咄嗟に振り返り、退路を確認していた。走って出口まで何秒かかる？

……ああ、失敗した。

カルメリータとアンを帯同して構わない？　それにより祐奈の条件が悪くなっただけだ。ふたりの身を護りながら、逃げられるのか？　最悪の事態を想定した場合に、自分ひとりのほうがよかったと思えてくる。

まだ何をされたというわけでもないのに、体が戦闘状態に置かれたように痺れを訴えていた。

部屋には明るい戸外から光が射し込んでいる。それなのに祐奈は、湿った地下牢に押し込められているかのような圧迫感を覚えた。

「そんなところに立っていないで、おかけなさいよ」

「私……申し訳ないのですが、気分が悪いので、これで失礼したいと」

「それなら、ほら、お座りになって休んで？　時間はたっぷりあるから」

奥のほうにある扉が開いて、そこからサンダースと、ショーが出て来る。――百歩譲って、サンダースはアリスの側近だからまだ分かるとしても、なぜショーがここに？

「アリスさん、これはどういうことですか」

男子禁制だと聞いていたのだけれど。

「野暮なことは言いっこなしよ、祐奈さん。――ねぇ、私、あなたにお願いがあるのよ。聞いてくださらない？」

「その前に説明してください。ここに彼らがいるのはルール違反では？」

「ルールなんて破るためにあるのよ。あのね――枢機卿よりも私のほうがずっと上の立場にいるのは分かっているわよね？　あなた本気で、彼を巻き込んだから、自分は安全だと思ったの？」

眉を顰め、可哀想な子を眺めるような視線を向けられれば、祐奈は怒りを覚えた。――そちらが先に一線を踏み越えたのだ。こちらももう遠慮はしない。

祐奈の態度に変化があったことを感じ取ったのか、アリスが小首を傾げてみせる。

「お願いというのはね、あなたにヴェールを取ってほしいってことなの。というのもね？　ショーがあなたの顔を気に入っているから、ヴェールなしがいいんですって。――ねぇ、聞いたわよ？　昨日ショーったら、大々的にあなたに告白したんですって？　やだぁ、面白いわ、と思って。ふたりはとてもお似合いだから、くっついちゃえばいいのよ。レップ大聖堂にいるあいだに結婚しちゃえば？　ここから先はふたりきりでラブラブな旅をしたらいいじゃない？　私、応援しちゃう」

何を言っているのだ。提案された内容が心底気持ち悪いと思ったし、この騙し討ちにショーも関わっていたのだと知って、さらに怒りが込み上げてきた。

反射的にショーを横目で見ると、相変わらず能天気な佇まいだった。緊迫した状況も、祐奈の立場も、何ひとつ理解していない様子で、にっこりと笑みを浮かべて話しかけてくる。

「会えて嬉しいよ、祐奈。親睦を深めるために素顔で話したいんだけど、だめかな」

祐奈は衝動的になることがあまりない。ヒステリーを起こした経験もほぼないのだが、かなり危険な領域に陥ったことは何度かあり、それはすべてこの世界に来てからのことだった。

その中でも今がトップクラスにイラついていた。

ショーの大馬鹿野郎！　ティーセットを顔面に投げつけてやりたい衝動に駆られる。どんだけなんだ！　いい加減にしろ！　顔も見たくない！　大嫌いだ！

「祐奈さん、ヴェールを取って」

「お断りします」

「あら、断っていいって、誰が言った？」

アリスが退屈そうに足を組み直すと、サンダースが近寄って来た。

祐奈はほとんど無意識に雷撃を放っていた。咄嗟に出したので、『弱』よりもさらに弱い。それは放電に近いレベルであったが、バチリと手を弾かれたサンダースのおもてに驚愕の色が浮かぶ。

「――私に触らないでください」

しっかりと声を出す。

ラング准将は祐奈のことをずっと大切に扱ってくれた――あなたにはその価値があるのだと、言葉でも、態度でも、示してくれた。

そうされると祐奈も、自分に対して意識が変わってきた。あれほどの人が護ってくれているのだ。誰であろうとも、尊厳を穢させたりはしない。

「ちょっと、祐奈さん」

アリスが『困った子ね』と言わんばかりの笑みを浮かべる。けれど余裕ばかりではないようで、そこにはほんの僅かに驚きも混ざっていた。——まさか祐奈が魔法を使って反撃するとは思ってもみなかったのだろう。

しかしソファから腰を上げようともしていないので、深刻な事態とまでは考えていないようだ。

祐奈のほうは警戒態勢を解かなかった。

「サンダース氏を下がらせてください」

「なぜ?」

「ヴェールを取れとのことですが、私は彼に素顔を見られたくない。この人が同席する限り、あなたの要求を呑むつもりはありません」

「驚いた」

アリスがソファの座面に手を置き、ゆったりとした優雅な仕草で腰を上げた。彼女がすっと背筋を伸ばして立つと、空気がピリッと引き締まる。履いているヒールが高く、元々身長も高いので、立ち姿に圧倒された。

「——次」

アリスが冷ややかな瞳で祐奈を見据え、一言一句、区切るように告げる。

「生意気を言ったら、承知しない。サンダースに対する無礼な態度も、禁止する。従えないのなら、あなたからラング准将を取り上げるわよ」

明確な脅しだった。気をしっかり保とうと思うのに、やはり動揺してしまう。アリスはよく分かっているのだ——祐奈の急所を。

ラング准将がいなくなる。

それは王都を出てから、心の奥底で祐奈がずっと恐れていたことだ。よりによって今ここで、アリスからラング准将のことを言われるなんて。息が詰まる。

彼を渡しはしない、そう啖呵を切る権利が、果たして自分にあるのだろうか。

社会的に、祐奈は罪人も同然の扱いを受けている。王都では性的嫌がらせをした下劣な聖女として、取り調べを受けた過去もある。だから清廉で美しいと評判のアリスが『ラング准将が欲しい』と望むのなら、祐奈にはどうすることもできない。

そして何より、ラング准将自身も、アリスの元へ行くことを望んでいるのなら？

王都にいた際、彼は皆の犠牲になる形で、祐奈の護衛に付くこととなった。それは誰も希望者がいなかったせいだろう。責任感の強いラング准将は、部下に汚れ仕事を押しつけることができなかったのかもしれない。

けれどここへきて状況が変わった——護衛を率先して引き受けそうな人間が現れたのだ。それはショーである。

彼は今や祐奈に好意を抱いているらしいから、この先、専属護衛を務めるつもりになっているのかもしれない。ということは、ラング准将がこれ以上自分を犠牲にしなくてもよくなる。

——ところでショーはサンダースの背後に佇んでいるのだが、困惑するばかりで、祐奈が追い詰められていても、ただ事態を静観しているだけ。

　やはりアリスに対して尊敬の念があるので、あちらに逆らってまでは、祐奈を助ける気はないらしい。いや、むしろ、『君に好意はあるけれど、それはそれ――祐奈は立場をわきまえて、アリス様にちゃんとへりくだろうね？　失礼だよ？』くらいの感覚でいるのかも。

　この先の長い旅路をショーと共に進むという暗黒の未来図が脳裏にちらついてしまい、吐き気が込み上げてきた。

　怖い……底なしの穴に落ちて行くかのような、とてつもない恐怖を覚える。

　祐奈が怯んでいるのを見て、カルメリータが覚悟を決めた。

「――リスキンドさん、来てください！」

　振り返り、扉のほうに向けてカルメリータが声を張るのだが、奇妙なことになんの反応もない。

　アリスがゆったりと微笑んでみせる。

「レップはね、祭られている聖具の性質にちなんで『音と言葉の聖堂』とも呼ばれているの。聖具の恩恵もあり、貴賓室の防音は完璧にできている。ノックなどの外の音は普通に中まで響いてくるのだけど、反対に、中の音は一切外に漏れない。――だから助けを求めても無駄よ、廊下側には音が聞こえていないから」

「それなら扉を開いて、助けを呼ぶまでです」

　出入口に向かって歩き出そうとしたカルメリータを、先回りしていたサンダースが止める。彼がカルメリータの腕を摑み、そのまま乱暴に捻り上げようとしたのを見て、祐奈の頭にカッと血が上った。

警告なしで雷撃をサンダースの腕に向け、放つ。バチリと音がして、サンダースが腕を押さえてこちらを恐ろしい形相で睨んできた。

しかし祐奈のほうだって彼に負けず劣らず怒っていた。

「――下がりなさい。私の侍女を脅すことは許しません」

一触即発の空気。

アリスがふぅ、と息を吐き、

「分かったわ。あなたの侍女に手を出すのはやめる」

そう言って、優雅な仕草でアンを呼び寄せた。

「こちらへいらっしゃい、アン。あなたは枢機卿の側近でしょう。ここは私に敬意を示しておいたほうがいいわよ」

アンは顔を強張らせている。しかしアリスからの命令には逆らうことができず、従順に足を踏み出した。

この時の祐奈はどうしたものか決めきれずにいた。――『行かないほうがいい』と警告するのもおかしな話だ。アンは枢機卿の部下なので、どちらかといえばアリス側の人間である。

アリスには確かに底知れないところがあるが、そうはいっても女性であるし、暴力的な手段に訴えることもないはずだ――そう思っていた。

しかしその見通しは甘かった。祐奈はアリスのことをみくびりすぎていた。

アリスはソファの前に泰然と佇み、アンが目の前にやって来るのを待った。

アンがそばに来ると、アリスは優雅に腕を持ち上げた。それはまるでオーケストラを前に指揮棒を掲げるマエストロのような、厳格な仕草だった。

そうして情け容赦もなく、アンの頬を平手で打ち据えた。手加減は一切なかった。

肉を叩く激しい音が響き、アンはローテーブルを押しのけながら床に倒れ伏した。テーブルの角に打ちつけたのか、側頭部を押さえて蹲ってしまう。

ありえない事態に、祐奈は呆気に取られてしまった。

一体、何が起きたの？　いきなり殴りつけるなんて！

「なんということを……」

「当然の躾《しつけ》よ。彼女は枢機卿の側近でありながら、あなたの侍女が騒ぐのを黙って見ているだけで、止めようともしなかった。私とヴェールの聖女――どちらの味方につくべきか、分かり切ったことなのに、愚かだわ。彼女にはこれからローダーまでついて来てもらうから、今のうちに思い知らせておかないと――だけど、これで彼女もよく理解できたでしょうね」

打ちのめされたアンが血の気の失せた顔を上げると、その唇は痛々しく切れて、血が滲んでいた。

アリスがピンヒールでアンの義手を踏みにじる。その美しいおもてには獰猛《どうもう》な笑みが浮かんでいた。

「――ほら、ごめんなさいは？　アン・ロージャー――お前、左手がないだけじゃなくて、口もけなくなったの？　お馬鹿さん」

到底許すことはできない。祐奈は集中して魔力を練り上げていく。渦巻くように祐奈の周囲に力が集まりつつあるのを、アリスも当然感知しているだろう。

彼女がこちらをチラリと横目で見た。

「驚いた。私を魔法で攻撃するつもり？」

「彼女の体から足をどけてください」

「ふふ、勇ましいこと」

アリスはおかしそうに笑ったあと、床に座り込んでいるアンの胸倉を摑んだ。その細腕のどこにそんな力がと驚きを覚えるくらいの乱暴さで、アンを無理矢理立たせる。非力なアンはよろけ、アリスの腕に縋りつく。

「――もう一度言います。アンさんを解放してください」

「嫌だと言ったら？」

「攻撃します。警告はこれが最後です」

「やだもう、おっかしい！」

アリスが吹き出した。それがこの場にそぐわぬ、あまりに無邪気な笑みであったので、ぞっとするような狂気を孕《はら》んでいるように思われるのだった。


「何がおかしいのですか」

「あなた、自分だけが魔法を使えると、勘違いしているんじゃない？」

気づいた時には炎の渦に取り囲まれていた。それはリング状に大きく広がり、敵味方含めその場にいた全員を中に閉じ込めてしまった。

とぐろを巻いた蛇のようだ、と祐奈は思った。

炎は波のように細かく振動しながら、長く尾を引き、ぐるぐると回り続けている。あの小刻みに揺れている上下運動はおそらく、あえてしなくてもいいような遊びの細工を入れて、その芸当をこちらに見せつけようとしている。

コントロールは精密で繊細。完璧だった。

祐奈は火の魔法を使えないが、使えたとしても、このような制御を行うのはたぶん不可能だ。一輪車に乗った状態で、綱渡りをするくらいに難しい芸当だろう。神がかったバランス感覚が必要になってくる。

そして機械のように正確なだけでもない。根底には、重厚な音楽の波長にも似た、鳥肌が立つようなすごみもある。

――熱い――

徒《いたずら》に炎が揺れて、カルメリータのほうにちょっかいをかけようとしている。それに気づいた祐奈は伸び出てきた炎に向けて、叩きつけるように雷撃を放った。

白光が弾ける。押せ――だめだ、押し戻される――強い！　押さ、れる――炎がカルメリータに届いてしまう――だめ、させない！

夢中だった。両手を突き出し、全力で追撃する。眩い白光が祐奈の手のひらから、真っ直ぐに伸びた。火花が弾ける。

カルメリータが恐怖に目を見開き、体を震わせながら後ずさった。祐奈はカルメリータをかばうように大きく足を踏み出し、手を伸ばしたまま前傾姿勢になった。その間も絶えず雷撃魔法は放出を続けている——手のひらが熱い——一瞬でも気を抜いたら、猟犬のような獰猛さで敵の炎が喉元まで迫って来るだろう。

無意識のうちに回復魔法も併せて出していたのか、雷撃の周囲に螺旋《らせん》状の揺らぎが発生した。雷撃の白光を主筋として、回復魔法の煌めくゴールドが回転する——それらが淡く溶け合い、敵の魔法に呑み込まれていった。吸収されているのか、はたまたこちらが浸食しているのか、行使者の祐奈にも状況が読めない。

キツい——状況はかんばしくない——手が細かく震え出す。

皆が恐怖を感じ始めた頃、ふ……と炎の魔法がかき消えた。しかし消え方もまたとんでもなく凶悪だった。

一体何が起きたのだろう。

視界が揺らぎ、祐奈は大きくよろけてしまった。脳が揺れたような衝撃と気持ち悪さに、地上にいるのに溺れかけている心地になる。この衝撃により、祐奈の魔法も強制解除された。

アリスによってもたらされた圧力は暴力そのもの。体全体が軋む。許してくださいと許しを乞うて、縋りつきたくなるほどの苦痛に襲われた。

不快な残響だった。おそらくアリスが魔法を引っ込める際に、有り余った魔力の波動を、祐奈に向けて叩きつけたのだ。

——こんな使い方があるのか、と驚いた。魔法ではなく、魔力そのものを、鞭のようにぶつけてくるだなんて！

「——私のほうが、あなたより、強い」

女王の貫禄でアリスが告げる。氷のように冷たい視線が、祐奈を射抜いていた。

彼女に突きつけられた言葉が、胸にしっかりと刻まれる。アリスの力は圧倒的だった。彼女の魔法を正面から受け止めて、祐奈は正しくそれを悟った。

——レベルが違う。

大人と子供ほどの力の差がある。いや、そんなものでは済まされないかもしれない。象と蟻くらいの差があるかも。あまりに格が違いすぎて、祐奈はアリスの実力の底を見極められないほどだった。

どうあっても勝てない——勝てる気がしない。だけど、どうして？

「なぜこんなに差が？」

カナンルートとローダールート——別々の道を歩んで来た差が、これなのか？　しかしそんなことでは到底説明がつかない。

祐奈は各拠点で正しく魔法を取得してきたはずだった。スタート地点のモレットでは、祝福の精霊アニエルカの指導も受けた。

驕るつもりはないが、祐奈は自身の特性と、魔法行使の相性は良いようだと考えていた。イメージしたことを実行に移す過程で、誤差が出ることがほとんどないのだ。自転車に乗れるようになった時には、あれこれ考えなくてもバランスが取れているのと一緒で、自分の状態はよく分かっている。

修正すべき欠点はないはず。——それでも、これ以上があるというの？

何か祐奈が知らない要素が絡んでいなければ、現象の説明がつかない。

──先に祐奈が発した「なぜこんなに差が？」という問いに、アリスが気まぐれのように答える。

「理由はふたつある。まずひとつ目はね──滞在期間の差」

「え？」

「私はあなたより三カ月早くこの世界に来た。だから私はあなたよりも、体が世界と馴染んでいる」

「そんなことで？」

あまりに単純ではないか。そしてそれは努力ではどうにもならないことだ。

「そんなこと、と言うけれど、時間のアドバンテージは大きいわよ。たとえばね──才能に差がない、同い年の幼い子供を集めて、かけっこで競争させてみたとする。普通に考えたら才能に差がないのだから、皆横並びにゴールしそうなものだけれど、トップとビリのあいだにはかなり差がついた──それはなぜか？　単純な話よ、たとえ子供たちの年齢が同じでも、誕生日が何カ月も離れていたらどう？　早く生まれた子は、そのぶん体も成長している。初期の頃ほど、こういうところに差異が出るの。けれどまぁ、そうね──あなたと私のあいだに開いた差は、五年もたてばなくなるかもしれない。でも意味はない。だってウトナに着くまでのあいだに、この差が埋まることはないんですから」

では考えてみても仕方ない。しかし気になったのが、ルート分岐の条件だ。

祐奈は自身が醜聞まみれだから、カナンルートに回されたのだと思っていた。しかしそうではなく、来訪時期で、すでに運命は決まっていたのだろうか？

「私は遅く来たから、カナンルートを割り振られたのですか？」

「いいえ。あなたは上層部に嫌われたから、カナンルートになった。ただそれだけよ」

「では、アリスさんがカナンルートを進んでいた可能性もある？」

「ええ」

「本当に？」

「過去の例では、早くにこの世界にやって来た強いほうが、カナンルートになったこともあるのよ。だけどね――強いほうがそちらに回されて、実力で状況をひっくり返そうとしても、それは絶対に不可能」

「なぜ？」

カナンルートは死のルートだと聞かされている。けれど強いほうがそちらを進んだのなら、生き残れる可能性もあるのでは？

「ふたりのあいだで実力が勝っているのだとしても、どのみち聖典の力には敵わない――ローダールートには聖典の加護がつくけれど、カナンルートにはそれがない。だからどうあってもカナンルートは負けルートなのよ。私がカナンルートだったとしても、運命に抗うことはできなかったはず。……嘘はついていないのだけれど、どうにも納得がいってないって顔ね」

「疑問だらけです」

「では、分かりやすく説明してあげましょうか――私が大天才であると仮定して」

アリスが軽く肩を竦めてみせる。

「超難関の試験を受けたいとする――実力は十分よ――だって誰よりも賢いのだから。でもね、そもそも受験するために必要なお金を持っていないとしたら？　そして、私より賢くない二番手は、受験費用を払うことができる。——さて、この状況で試験に受かるのは、どちらかしら？」

「二番手」

「そういうこと。実力者だからって、それに見合った結果を得られるとは限らない。私には実力があるけれど、それに加えて、ロードールートをあてがわれるという最強の運もあった。だからあなたはどうあっても勝てない。諦めて」

意図せず、呼吸が浅くなっていた。心が折れそうだった。

けれどできるだけ情報が欲しい。祐奈は自身に鞭打つような気分で、なんとか言葉を押し出した。

「魔力に差が出ている原因ですが、理由はふたつと言いましたよね。ひとつは『滞在期間の差』——それは分かりました。もうひとつは？」

「私は失踪していたあいだに、真理を司る聖具に触れた。——あなたはこの世界の言葉を表面上でしか理解できていない。でも私は違う。言葉の成り立ちを知っているようなもので、それはすべての基礎になる」

「アリスさんが触れたのは、言葉に関係する聖具なのですか？」

言葉のみなら、ここ——レップの聖具とかぶっているようだが、彼女は『真理を司る』と語っているので、別のものだろう。

「なんと言ったらいいのか……それは言葉でもあり、進むべき道筋を示すものでもある」

言葉——真理——道筋——何かが引っかかった。自分はその答えを知っているはずだという、根拠のない確信のようなものがある。

しかし頭の片隅に浮かんだ正体不明なその直感は、泡が弾けるようにどこかへ消えてしまった。

――今、大事なヒントを摑んだ気がしたのに――その微かな痕跡を追おうとすればするほど、輪郭がどんどん曖昧になっていく。起きた瞬間に忘れてしまった夢を必死で思い出そうとしているような感覚。一度見失ってしまえば、もう手繰り寄せることはできない。

祐奈はアリスに屈するしかなかった。

「……分かりました、ヴェールを取ります」

「そう、よかった」

「ただし、キング・サンダース氏をこの場から退去させてください。どうしてもこの人に素顔を見られたくない」

「あなた、かたくなねぇ。……まぁいいわ。いじめすぎて可哀想になってきたし、私も鬼じゃないから、そのくらいは聞いてあげる。でも、カルメリータとアンも一緒に下がらせる。私と、シヨーと、あなた――三者面談でどう？」

それでも祐奈は構わないが、カルメリータとアンが心配だった。サンダースのような狼藉者と一緒にしておくのは不安がある。

「アリスさんからサンダース氏に命じてください。ふたりに指一本触れぬよう」

「ちょっと、サンダースだってケダモノじゃないのよ？　でも分かったわ。私って優しいから」

アリスがサンダースのほうを向き、告げる。

「ふたりに手を出したらだめよ。約束を破ったら、あなたでも許さない」

「承知しました」

内心どうなのかは分からないが、表面上は礼節をわきまえた態度で、サンダースが頭《こうべ》を垂れる。

アリスはこの野性の虎をすっかり調教できているようだ。

それでも少し思うところがあるのか、アリスはサンダースを油断のない目つきで見据えた。しかしそれは一瞬のことだった。

いなくなる前にと、祐奈はアンのほうへ近寄った。彼女は足に根でも生えたかのように、アリスのそばで体を強張らせている。顔についた傷があまりに痛々しく感じられて、胸が痛んだ。

「……私の力不足です。本当にごめんなさい」

そっと囁いて、彼女の顔の横に手のひらを近づける。

『――回復――』

ゴールドの光が舞い、あっという間に元の状態に戻った。驚愕のあまりアンは喘ぐように微かに唇を開いたが、言葉も出ないようだった。

なぜかアリスのほうも体を強張らせていた。驚きよりも、そのおもてには恐怖が滲んでいるように感じられたのだが、なぜだろう。

「アンとカルメリータを向こうに連れて行きなさい」

アリスがサンダースに命じると、カルメリータが心配そうにこちらを見つめてきた。祐奈は安心させるように、しっかりと頷いてみせた。――私は大丈夫です――たとえ大丈夫じゃなくても、ここは祐奈がしっかりする必要がある。危険なアリスのそばから、一刻も早くカルメリータを遠ざけなければ。カルメリータもこちらの意図を汲んでくれたらしく、もう一度祐奈を見つめてから小さく頷き返してくれた。

サンダースを先頭に、カルメリータとアンも奥の間に向かって歩き始める。彼らはリスキンドと枢機卿が待つ表廊下のほうに出ることはない。向かうのは、元々サンダースとショーが隠れていた、奥の間だ。

彼らが出て行き、大広間には三人が残された。

――アリスと、ショーと、祐奈。

王都を出発した際、この三名で会談する未来が来ようとは、誰が予測しただろう？

ショーがちゃっかりと隣にやって来て、図々しくも手を握ってきた。今さらになって深刻そうな顔を取り繕っているのが、見るにたえない。

「俺がついているからね。俺だけは君の味方だ」

もうやめて。しかし祐奈はショーの手を振りほどく元気もなかった。無力感に打ちのめされていた。

自分には実力も、運もない。自分が不甲斐ないせいで、アンは殴られ、血が流された。護るべき者も護れなかった。

先行きも暗い。あの強靭な炎の魔法――どうやったらあれに勝てるのか、想像もつかなくて。

ここにラング准将はいない。いつまでそばにいてくれるのか、もう分からない。叫び出したくなるほどの孤独に襲われる。

「さぁ、仕切り直しね――ヴェールを外して、おかけになって、祐奈さん」

アリスは姫君のように、にっこりと可愛らしい笑みを浮かべた。

アリスが一番先に、ソファにゆったりと腰かけた。

祐奈は腰を下ろす前に、まず乱れた席を整えることにした。アンが打ち倒された際にローテーブルを押したので、捻じ曲がって、荒事の名残がある。

テーブルを元の位置に直し、アリスの対面にある三人がけのソファに腰を下ろす。

ショーは角のひとりがけのソファか、アリスの隣に行くのかと思った。けれどなぜか彼は祐奈の真隣に座ろうとする。

苛立ちを覚えて口を開こうとした瞬間、アリスからすごみのある視線で見据えられ、

「――そうよ。ふたりは隣で」

と先に念押しされてしまったので、抵抗は諦めた。

「それから早くヴェールを外して。何度も言わせないでね」

アリスの注文どおりヴェールを外す。ショーにはすでに素顔を見られていることだし、すっかり投げやりな気持ちになっていた。本当はすごく嫌なのだが、感情が麻痺してしまっているのだろう。

隣に腰かけたショーがほぅと息を漏らし、なんだかんだと誉めそやしてくる。妙に距離が近い。離れてほしい。それから見ないでほしいし、話しかけないでほしかった。

あまりのショーのかしましさには閉口させられたが、心を無にして、左から右へと聞き流すことにした。今は精神的にショックを受けていて、その点ではよかったかもしれない。意図せずと

も、ぼんやりしがちだったからだ。

それでもあまりにしつこいので、言葉のいくつかは耳に残った――『可愛いよ』とか『近くで見られて感激だ』とか『ずっと俺の前では素顔でいてほしい』とか、なんだとか、かんだとか。

ショーの言葉は数でこそ大した分量であったが、何ひとつ祐奈の胸には響かない。激安チェーン店で流されている奇妙なテーマソングのほうが、よほど頭に残るなと祐奈は考えていた。

ところが。

祐奈にとってはなんの価値もない、ただの音の羅列であったとしても、ほかの人にとっても同じであるとは限らない。アリスはたぶんこのような立場に置かれたことが、久しくなかったのではないか。

――ショーは祐奈だけを見つめていたし、祐奈だけを神聖視していた。

こんなふうにチヤホヤされるのは、いつだってアリスの役どころだった。彼女は美しいし、皆の人気者だ。けれど彼女は今、脇役のような扱いを受けている。

「――いい加減にしてよ」

不意にアリスが低い声でショーのお愛想を遮ったので、祐奈は彼女が気分を害していることに初めて気づいた。

「ねぇ、祐奈さん。ショーはあなたに甘い言葉を囁いているけれど、それは単に彼のサービス精神の表れだから。自分が絶世の美女だとか、変に勘違いしないで」

「……勘違いなんて、していません」

なんでそんなことを言われないといけないのだろう？　まるで祐奈が美貌を鼻にかけ、小生意気な態度を取っているかのような言い草だ。だけどそんなことは絶対にありえない。だってそんな自惚れは露ほどもないのだから。

　ショーが熱を上げているのは、祐奈が彼の腕をくっつけてあげたから──ただそれだけのこと。ショーは思い込みがものすごく激しくて、猪みたいなものだから、今は一直線になっているだけだ。やがて飽きるはず。

「でもほら、あなたみたいな地味なタイプって、舞い上がると自分が見えなくなりそうだから」

「舞い上がってもいないです」

「でも全然分かっていないでしょ。そもそもあなたね──ラング准将を護衛に付けているとか、図々しすぎない？」

「それは、私が駄々をこねてそうなったわけじゃなくて──」

「だけど辞退もしなかったじゃない！　普通、滅相もないって、自分から申し出ない？　ありえないんだけど！　大体、あなたね──ラング准将に、その顔を晒すつもりなの？　それって恥ずかしくないの？」

　アリスの感情的な台詞が、祐奈の胸を抉る。──恥ずかしくないの？　そう問われて、じわりと視界が滲む。

　素顔をラング准将に見られるのは、やっぱり怖い。彼は立派な人だから、顔なんかで人のことを判断しないって分かっている。それでもやはり、彼が素敵な人だからこそ、ためらいを覚えていたのも確かだ。がっかりさせるかもしれないという恐れがどうしても消えず、長いこと勇気が出せないでいた。

だけど少しずつそれも変わり――もう少しで一歩踏み出せるかもしれないと感じ始めていたところだった。それなのに、心の中に芽生え始めていた勇気が、アリスの心ない言葉でしぼんでいくのが分かった。

かぁ、と顔が赤らむ。ラング准将に出会う前に、ショーやその他大勢から、散々容姿を罵られた記憶が一気に蘇ってきた。

フラッシュバックは強烈で、暴力的だった。それは瞬く間に祐奈を打ちのめし、辱めた。顔を晒しているのが急に恥ずかしくなってきた。まるで裸に剝かれて、不躾に眺め回され、指差され、嘲笑われているような心地がした。

祐奈が傷ついたのを確信し、アリスが声高に続ける。彼女の嗜虐心は止めようもないほどに大きくなっているようだった。

「彼は職務であなたに親切にしているだけよ！　私の、だった――私の、ラング准将だったのに！　私とだったら、並んでもお似合いだったわ！　そうでしょう？　なんとか言いなさいよ」

「私、あの、――」

「だめ人間が、だめなおかげで得をするなんて、馬鹿な話があっていいの？　ずるいじゃない！彼は聖女を敬わなければいけない立場なのよ。敵意を剝き出しにしたり、軽んじたりすることは礼儀上あってはならないと考えている。彼が紳士で気遣いができて、あなたを丁重に扱ったとしても、本心じゃないから。それであなたを好きだということにはならないから。勘違いしないでよ、みっともない！　いい加減にしてよね！」

かたわらで聞いていたショーが気の毒に感じたのか、フォローにならないようなフォローをしてきた。

「俺は君の顔、すごく好きだけれど、これはアリス様に賛成かな。だってラング准将の隣に並ぶって、よほどのことだよ。世界一の美女じゃないと釣り合わない。騎士は私情を殺してあるじに尽くす。内心は嫌であっても、それを表に出すことは許されない。――ラング准将の君への優しさは、異性に対する愛じゃないからね？　しっかりわきまえないとだめだ。呑気に甘えてくる君にラング准将も困っていると思う」

ふたりがかりで、祐奈のことを勘違いもはなはだしいと説教してくる。ふたりの見解は、祐奈にとっては刃物のように鋭く感じられた。聞いているうちに、自分とラング准将の関係性がよく分からなくなってきた。

祐奈はラング准将と恋仲ではないけれど、仲間にはなれたと思っていた。心が通い合っているかのような。でも端から見たら、彼はものすごい我慢を強いられているのだという。

……恥ずかしかった。

アリスもショーも、祐奈の振舞いがあまりに常識外れであったから、どうしても物申したくなったのかもしれない。ラング准将に迷惑がかかるから、思い上がるのもいい加減にしろと。

ラング准将は――祐奈に懐かれてしまって、どう思っただろう？　困らせてしまったかな。優しい人だから、拒絶できなかったのかも。

だとしたら、すごくつらい。彼の重荷になっていたかもと考えると、息をするのもしんどかった。

――尊厳をすべて叩き折られた祐奈は、すっかり従順になっていた。アリスから『道中でどのような魔法を取得したのか』と尋ねられ、素直に答えた。すべてを。

　祐奈が語るあいだショーは甲斐甲斐しく振舞っていた。祐奈の手を握ったり、背を撫でたり。鬱陶しいようにも思えたが、感覚が鈍感になっていて、細かいことにまで意識が回らない。

　アリスからの問いに機械的に答えながら、なぜこんなことを尋ねるのだろう、とぼんやりと疑問に思っていた。

　ふと気づけばいつの間にか会談は終了していて。重い腕を動かし、外していたヴェールをふたたびかぶる。

　カルメリータとアンが戻って来たので、彼女たちを連れて、祐奈は上の空のまま部屋の外に出た。

＊　＊　＊

　廊下で待機していたリスキンドは、部屋から出て来た祐奈を見て、すぐに異変に気づいた。

　ヴェールで遮られているのため表情は窺えないものの、何かがおかしい。

「大丈夫？」

「……ええ」

　その声に動揺が滲んでいる。じっと祐奈を見つめると、彼女が居心地悪そうに身じろぎした。

「あの、大丈夫です。早く戻りましょう」

　リスキンドはカルメリータに視線を向けた。そしてカルメリータの瞳に恐怖の色が浮かんでいることに気づいた。

＊　＊　＊

祐奈たちが出て行ったあと、アリスの顔から笑みが消えた。

サンダースに「ショーを裏口から帰して」と頼み、彼らが奥の扉を開いて向こうに消えるのを待ってから、小さく息を吐く。今、部屋に残っているのは、アリスひとりだ。

ソファに腰かけている彼女は膝の上からそっと右手をどかした。するとその下で押さえつけられていた左手が細かく震え出した。聖女のブレスレットが嵌まっている、左手が。

アリスは歯を食いしばり、忌々しげにブレスレットを外す。ブレスレットがどかされると、その下の皮膚に軽度の火傷痕ができていた。白い肌についた引き攣れたようなラインが痛々しい。

「……あのクソが」

思わず吐き捨てる。

一体何が起きた？

炎の魔法は祐奈を圧倒していたはず。魔法に精通していない素人が見ても、それは明らかだっただろう。負ける要素は何ひとつなかった。

ところが祐奈の雷撃魔法に螺旋状の揺らぎが発生してから、おかしなことになった。

ブレスレットに突如異変が起こったのだ。あれをなんと形容したらよいのだろう――まるで猛毒の蛇が巻きついてきたような、怖気《おぞけ》の走る感じ。あの時感じたのは本能的な恐怖だったのかもしれない。

けれど観客がいるあいだ、アリスは強者であり続ける必要があった。だから『お前の子供騙しな魔法など、これっぽっちも効いていない』というように、女王らしく振舞い続けた。

ひとりになったアリスは背中を丸め、苛々と親指の爪を噛み始めた。彼女の腕は屈辱のあまりブルブルと震えている。

「あの忌々しい小娘――いずれぶち殺してやる」

6 ◆ 白黒

レップ大聖堂の司教と打ち合わせを終えたところで、ラング准将はアリスから呼び出しを受けた。

――次から次へと、面倒事ばかりが降りかかってくる。

アリスのいる部屋へ向かうと、扉前の護衛はマクリーンが務めていた。彼と顔を合わせるのは、先日ショーの告白を目撃したあの時以来だ。

アリスがラング准将を部屋に呼びつけたので、マクリーンは気を揉んでいるようだった。気遣わしげにこちらを見る彼に、大丈夫だと視線で答える。

マクリーンが扉を開き、ラング准将を中に通した。

光が射し込む居心地の良い広間で、アリスが待ち受けていた。応接セットのそばではなく、彼女は窓を背にして佇んでいる。

「――キング・サンダースは？」

部屋には彼女の姿しかない。珍しいこともあるものだとラング准将は思った。

「留守よ。ねぇ、彼のことはいいから、早く来て。そんなに時間がないの」

適切な距離を置いて対面するも、アリスのほうが距離を詰めてきた。

この部屋はあまりに静かすぎる。彼女が動くたびに、ドレスの衣擦れの音まで聞こえるくらいだ。

つ……と彼女が手を伸ばし、ラング准将の肩に触れた。そっと。なまめかしく。そして戯れのように指でなぞる。

「……私の護衛に戻らない？」

囁くような声音。彼女は伏せていた瞳を、自身の指先のほうにゆっくりと動かす。視線で撫でるように。

ラング准将はそれを静かに見おろしていた。彼の端正なおもてには、なんの感情も浮かんでいない。ただ静かで、どこか謎めいていた。

返事がないことに焦れたのか、アリスが睫毛《まつげ》を上げる。しっかりとアイメイクを施した人工的な瞳が、ラング准将の心情を量るように据えられた。

「ねぇ、何か言って」

「護衛は足りているでしょう。ご用があるなら、ハッチにおっしゃってください」

「冗談でしょう？　ハッチなんか使えたものじゃない」

アリスの眉が顰められる。

まぁそれについては同感だ。表情も変えずに、ラング准将はそんなことを考えていた。

「あなたが言うことを聞いてくれたら、私……なんでもしてあげる。なんでも、よ。あなたが欲しいものを、あげるから」

アリスの声は蜂蜜のような甘さを含んでいた。絡みついて、ゆっくりと浸潤してくるような、奇妙な毒々しさもあった。

キング・サンダースと蜜月なのかと思っていたのだが……ラング准将は興味を引かれ、探りを

入れてみることにした。

「私があなたの陣営に入ったら、サンダースが心穏やかでいられないのでは？　ご存じのとおり、私たちは先日揉めていますので」

　ロジャース家の居間で、ラング准将はサンダースを容赦なく叩きのめした。あの男のプライドは山よりも高い。相当恨みに思っていることだろう。

　アリスもあの場面を見ているはずだ。奥の間の扉を開けて、こっそり覗き見をしていたのは承知している。

「でも、あなたならなんとかできる」

　アリスの声に僅かに力が入った。平静を装っているが、彼女がかなり必死なことが伝わってきた。

「エドワード――あなた、中央に繋がるパイプを持っているわよね。サンダースも人の子だから、政治的な決定には従わざるをえない。彼を王都に送り返すよう、すぐに手続きして」

　アリスからファーストネームのエドワードで呼ばれたのはこれが初めてのことだ。そもそも王都シルヴァースにいた時は、アリスのそばにはサンダースがべったりくっついていたので、私的な会話すら交わしたことがなかった。そのおかげで関わり合いを最小限に抑えることができたので、ラング准将としては仕事に集中でき、都合が良かったのだが。

「枢機卿に頼んでは？」

「私はあなたにしてほしいのよ。ねぇ、いいでしょう？　エドワード――あなたにお願いしているの。私のためにやると言って、お願いよ」

体を這うアリスの手の動きが少し変化した。まるで蛇のようだ。うねるように強弱をつけて、入り込もうとしてくる。

その時だった――不躾なノックの音が響いたのは。

アリスが返事もしていないのに、外から扉が開かれた。ラング准将が振り返ると、乱入してきたのはなんとリスキンドだった。普段はのらりくらり半分脱力したような態度の彼が、珍しく顔を強張らせている。

「――ラング准将。枢機卿が急ぎの用でお呼びです」

「分かった」

ではこれで、とラング准将が暇《いとま》を告げる。ふたりのあいだには別に何も起こりはしなかったというような、端正な態度で。

――入口付近でラング准将を迎えたリスキンドは、彼と一緒にアリスの部屋を辞去し、並んで歩き始めた。

廊下を進みながら、

「お邪魔でしたかね」

つい皮肉が口を衝いて出る。

するとラング准将がからかうようにこちらを横目で見た。

「怒っているのか？　珍しい」

「心配しているんです。危ないところだったでしょ」

「お前はいつから私の騎士《ナイト》になったんだ」

「……祐奈さんが泣くと困るので」

ラング准将にこんな忠告をする日が来るとは思いませんでしたよと、リスキンドは八つ当たり気味に考える。こんなお節介、こちらもしたくないっての。

「そんなことにはならない」

「でも結構いい雰囲気でしたよねー。もっとバシッと撥ねのけるかと思っていましたよ」

そう言いながら、これじゃヤキモチ焼きの彼女みたいな振舞いじゃないかとリスキンドは思った。でも苛々するのだから、どうしようもない。

横目でラング准将を見遣ると、彼は何か考えを巡らせているようだった。横顔のラインが綺麗で、なんだか毒気を抜かれてしまう。

しばらくたってから、琥珀色の瞳がこちらを向いた。どこまでも深みがあり、透き通っている。

「――アリスがミスを犯した」

「え?」

呆気に取られる。ありえないという思いが、理解を遅らせた。

ラング准将が微かに瞳を細めながら続ける。

「用心深い彼女にしては、らしくない失態だった。よほど焦っていたとみえる。優位に立って交渉を進めたかったようだが、かえって弱みを晒してしまった」

「まさか」

あのアリスが?　今世紀最強の毒婦、みたいなしたたかさを持つ女だぞ。

……しかし、だとするなら。

ラング准将は『アリスが焦っていたせい』だと言うけれど、彼女が弱みを晒したのは、別の理由からではないかとリスキンドは思った。

彼女は意外と、ラング准将に本気なのでは？　だからこそペースを乱された。ラング准将とサシで対面した時点で、すでに冷静ではいられなかったのだろう。

「アリスが犯した失態って、なんです？」

「彼女はサンダースを恐れている。それをこちらに悟らせたのは、致命的なミスだ」

「え？　だけど……そんなはずはない」

アリスの魔法は祐奈をはるかにしのぐレベルだったらしい。

アリスと祐奈の面談の中身について、リスキンドはカルメリータから詳しく報告を受けていた。それはラング准将も同様である。

祐奈はアリスに完敗した。――けれど祐奈が弱いわけではない。共に戦ったリスキンドは祐奈のすごさを知っている。

おそらくであるが、祐奈の力量であっても、サンダースを制するのは簡単なのではないか。サンダースは超人ではないのだから。

それなのになぜ、向かうところ敵なしのアリスがあの男を恐れる？

「彼女は私に、中央とのパイプを使って、政治的にサンダースを排除するよう依頼してきた。自分の力では、それができないということだ」

「キング・サンダースってそんなに強いですかね？」

「そんなことはない。お前でも倒せるはずだ」

一瞬間が空いて、ふたりは真顔で見つめ合った。

なんでそんなことが分かるのだ、という気持ちを込めてリスキンドが眉間に浅い皺を寄せると、ラング准将がついと視線を逸らして、億劫そうに白状した。

「……やつを締め上げたことがある」

「えー、マジすか！　見たかったたぁ！　いつですか」

「ロジャース家で。……言っておくが、絡まれたから仕方なくだ。俺のせいじゃない」

「えー、ほんとに？」

仕方なくぅ？　真実かなぁ？

疑いの眼を向けるが、ラング准将にシレッと流されてしまう。

「普通に打撃は効いたし、やつに特別な脅威は感じなかった。腕が立ちそうな護衛騎士に命じて、物理的に排除する方法も取れそうなのに、アリスはそれすらもできないでいる。さて――そうってくると、アリスはサンダースの何を恐れているのか」

「レップにいるあいだに真相を突き止められますか？　あまり時間がない」

状況は劣勢。こちらの陣営はいいようにやられている。だからこそリスキンドは焦っていたのだ。対抗する手段がないから。

そんな中でやっと聞けた良いニュースだった。ところが、あと一歩――アリスとサンダースの秘密を知ることができなければ、どうしようもない。

中身の分かっていないカードは使えない。強い手であるのは分かっているのだが。

しかし、

「突き止めなくても、問題はない」

ラング准将がそんなことを言い出したのには、驚いてしまった。

「どうしてです？」

「――内情は知らずとも、脅しには使える」

耳を傾けながら、リスキンドは思わず顎を引いていた。

……おお怖……これだからラング准将だけは怒らせてはいけないんだ。


ショーのしつこさといったら、驚異的だった。

その日、ショーが祐奈の滞在する部屋までノコノコとやって来たので、応対に出たリスキンドは心の底からげんなりしてしまった。この馬鹿には確か、ラング准将のほうから祐奈への接近禁止令が出されているはずだが、アリスの後ろ盾を得たことで、何をしても許されると勘違いしているのか？

なんかないのか……ゴキブリを瞬殺できるような、強めの薬剤か何かが！

人間の言語が通じないやつって、本当にうんざりするよなぁ……と遠い目になる。ぶん殴っていいのならそうするけれど、ショーはアリスのお気に入りのようだから、一時の気分で憂さを晴らすととんでもない面倒に巻き込まれそうで、そうすることもできない。

「かーえーれ！　お前みたいな胡散臭いエセイケメンを見ていると、俺、反吐が出るんだわ」

「リスキンド、ヤキモチはみっともないぞ」

「誰がお前なんぞにヤキモチ焼くか。妬くならラング准将の綺麗な顔に妬くわ」

「ムキになるな。俺が女の子にモテるから、面白くないんだろう。嫉妬って、同じレベルの相手にするものらしいからな。ほら、リスキンドと俺は大体同じレベルだろ。でも俺のほうがちょっと格好良さは上だ。だからなんていうか、気持ち、分かるよ」

なんなら少し同情してますというようななていなので、すべてが馬鹿らしくなってきて、思わず天を仰いでしまう。

ははぁ、と乾いた笑みが漏れる。そして笑ったあとでブチ切れた。

「なんなのお前？　超うぜぇ！　くたばれ！」

「意外と口喧嘩弱いな、リスキンド」

「うるせぇ！　ぶち殺すぞ‼」

もうこれ、グーでいっていいよな？　ものすごい我慢したぞ。でももうだめだ。ぶん殴ったほうがこいつのためになると思う。奇跡が起きて少し賢くなるかも分からんし。

――てなことを考えていたら、背後からトントンと肩を叩かれた。振り返るとカルメリータが立っている。騒動を聞きつけて奥から出て来たらしい。

「リスキンドさん――祐奈様がお会いになられるそうです」

「え。大丈夫？」

「ご自身の希望ですので」

さすがのカルメリータも不安があるのか、顔を強張らせている。彼女はひどく緊張しているようだし、怒っているようでもあった。ショーに向けた冷ややかな一瞥で、それが伝わってきた。

祐奈にこんなやつを会わせなければならないことに、腹を立てているのだろう。それはリスキンドも同様だった。

しかしいつまでもショーに好き勝手させておくわけにもいかない。今は部屋にラング准将もいることだし、ここで白黒決着をつけてもらったほうがいいのかもしれない……そうリスキンドは思うことにした。

＊＊＊

ショーが訪ねて来た時、祐奈は『しっかりしなくては』と自らに言い聞かせた。

こんなことが続くようではだめだ。ラング准将のお荷物にはなりたくない。自分の力はアリスの足元にも及ばない。

ただでさえ落ちこぼれなのに、私生活のほうも散々で。

祐奈がぐずぐずとショーのあしらいひとつ満足にできないようだと、周囲の負担は増すばかりだ。現にこのとおり護衛に迷惑がかかっている。いちいち割って入るリスキンドからすれば、この状況はたまったものではないだろう。

ラング准将はといえば、今日も一日ずっと誰かに呼び出されて忙しくしていて、先ほどやっと部屋に戻って来たところだ。

彼が不在がちであることに、ホッとしている自分がいる。どんなふうに会話をしていいのか分からなくて。ずっと気を遣わせていたのかな……そんなふうに思うと、会話ひとつでもぎこちなくなってしまう。緊張して肩に力が入ってしまう。

だからかえってショーが来たことは、よかったのかもしれない。やらなくてはいけないことがあれば、気が紛れるから。

ソファに腰かけて待っていると、

「——心配していたんだ、祐奈」

ショーが恥知らずにも近づいて来ようとしたので、リスキンドがすぐに止めに入った。

「はいはい、お触り禁止ね」

「そばに行って手を握ってやりたいんだ。アリスの所ではずっとそうしてやった。祐奈もそれを望んでいる」

「——私は望んでいません」

祐奈は静かにそう告げた。

しん、と辺りが静まり返る。というよりも騒いでいるのはショーひとりだけだったので、彼が黙れば静けさは簡単に戻るのだ。

祐奈はもしかするとヤケになっているのかもしれなかった。たくさん傷ついたあとで、もう捨て鉢な気分になっているのかも。混乱すらも通り越して、かえって凪いでしまっている。

それは望ましい状態とは言えなかったが、厄介な人間に立ち向かわなければいけない今は、心が鈍感になっているのがありがたいとすら思えた。

「ショーさん、対面の席におかけください」

「祐奈……」

「大人同士、落ち着いて話をしましょう。あなたは自分の感情を、もう全部吐き出したでしょう？　次は私の話を聞くべきではないですか」

さすがのショーも不穏な空気は感じ取れたのだろうか。なんだか不安そうな顔つきになり、大人しく向かいの席に腰を下ろした。

カルメリータは彼にお茶も出さなかった。——でも、それでいい。話はそんなに長くかからない。

居心地が悪そうに身じろぎし、ショーが両手を擦り合わせる。そしてやはりルール違反を犯した。祐奈が話を聞くようにとお願いしたのに、我慢できずにまた口を開いたのだ。

「聞いてくれ、祐奈。俺は本当に君を愛しているんだ。それは分かってくれるだろう？」

彼が語る愛は、吹けば飛ぶような軽さだ。祐奈は深く息を吸った。背筋を伸ばし、告げる。

「ショーさん——私は、あなたが、嫌いです。出会った時から、印象は良くなかった」

「そんなはずはない！　君は俺に夢中だった」

「本当のことです。あなたは視野が狭く、怒りっぽく、自分本位でした。私を見下していたし、ひどい態度を取った」

「それは君のことをよく知らなかったから」

「では、今なら知っていると言うのですか？」

「顔を見たから分かっているさ！　君のことなら、全部！」

不意に祐奈は壁際にいるラング准将の存在を意識した。……彼にはショーに顔を見られたことを知られたくなかった。

けれどもしかすると、とっくの昔に悟られていたのかも——盗賊退治のあとでショーとひと悶着あり、その時に顔を見られてしまったようだ、と。勘の良いリスキンドがあの場にいたのだし、詳細の報告は受けているだろうから。

それに先日ショーに告白された際にも、『顔を見た』云々の話をされた。あの時ラング准将は少し離れたところに立っていたけれど、会話は聞こえていたはずだ。

それでもこうしてショーの口から暴露されてしまうと、やはり居心地が悪かった。こんな形でバラされるなら、自分の口から直接ラング准将に告げるべきだったという気がして。

いえ、でも……祐奈は混乱し、視線を彷徨《さまよ》わせる。……その必要はない、のかな？　ラング准将はそんなことを言われても、困ってしまうかも。

祐奈は膝の上でぎゅっと拳を握り締めた。今は余計なことを考えている時ではない。ショーと決着をつけなくては。

「私はあなたの愛情を信じられません」

「どうして？　俺は裏表なく、君に気持ちを伝えているのに」

「顔を見たから気が変わったと言っているけれど、あなたが感謝しているのは、私が腕を治療したからでしょう？」

「それは考え直すきっかけになった出来事だから、否定はしないよ。君は俺を助けてくれた。普通は嫌いな人間にあんなことをしないものだ——ずっとひたむきに好意を寄せてくれていたのだと、感動したよ」

「好意じゃない。ただの義務感からしたことです」

「照れなくていい」

「本当に照れていないの、もういい加減にして！」

声を荒らげる。腹が立った。この人はどこまで勝手なの？

初対面の時に祐奈のことを勝手に決めつけて、なじってきた。今もやっていることは変わりないじゃない。嫌いと好きが反転しただけで、やっていることは一緒。彼が愛している『祐奈』は、架空の存在だ。ショーが思い描いた、彼の頭の中にいる、彼にとって都合の良い女の子。

「私、思い込みが激しい人は嫌いです。想像力がない人も嫌い。あなたは他人の気持ちに鈍感すぎる。自分勝手よ」

「自分勝手なら、こんなふうに誰かを愛せない！」

ショーは傷ついた目をこちらに向けてきた。……もしかすると普段なら、気の毒に感じたかもしれない。誰かを傷つける行為は、こちらの胸も痛むものだし、自分がひどいことをしているような気分になる。

だけど今の祐奈は他人のことを思い遣れないくらいに、傷つきすぎていた。心にできた傷が血を流している。

「あなたは治療魔法が使える私を見て、便利だと思っただけでしょう？　利用しようとしているだけ」

ショーがしたことをしてやる。決めつけて、自分の考えを押しつける。

ねぇ、どんな気持ち？　ないがしろにされている気分になるでしょう？

「違う、俺は君を思い遣っている。今の君が好きなんだ」

「人は自分の得になる相手には媚びられるものです。それは優しさじゃない。ただの打算です。王都までの道筋を思い出して――自分がいかに最低だったか、あなたは気づくべきよ」

「それは悪かった。これからいくらでも償う。許してくれ、祐奈、でも俺は君を諦めきれない」

「いじめられた側は、されたことをずっと覚えています。水に流してくれと簡単に口にできてしまうあなたは、結局のところ自分がしたことと向き合っていない。――あなたは、私を、虐げた。あなたが、嫌いです。あなたの顔を見るのも苦痛なの」

ショーの心の中に踏み込んで、情け容赦なく蹂躙し尽くしたような気分だった。なぎ倒し、破壊した。徹底的に。

彼は打ちひしがれているだろうか。祐奈はそれを確認しようとも思わなかった。瞳を伏せて、腰を上げる。もうこれ以上、彼のために時間を使うつもりはない。

茫然と固まっていたショーは、祐奈が去る気配を感じて息を詰まらせた。

そんな、まだだ、と考える。まだ終われない。何を言いたいのか分からぬまま、ショーは口を開いていた。

「待ってくれ――そう、あれは――君が俺にアプローチしてきたこと、その説明が欲しい。今、君が俺を嫌っていることは分かった、でもあの時は確かに俺のことを好きだった――そうだろう？　なかったことにはしないでくれ。俺たちの過去を」

ショーの言葉には縋るような響きがあった。祐奈は戸惑い、立ち去りかけていた足を止めて、思わず彼を眺めおろす。

……『確かに俺のことを好きだった』と決めつけられても。そんな気持ちはなかった。どこにもなかった。

「私はあなたに誘いをかけたことはありません」

でも……これってなんなのだろう？　ショーはしつこく、こちらが誘いをかけたと主張してくる。

もしかすると、と祐奈は思った。国により、常識や慣例は異なる。この世界の人たちは、おそらく日本人寄りの考え方をしない。

祐奈が礼儀正しくしていただけのつもりでも、変に媚びているとか、取り入ろうとしているとか、そんなふうに勘違いされてしまった可能性はないだろうか？

なにかをしてもらって「ありがとうございます」と礼を言う。祐奈としては特にどうというつもりもない。けれどたとえば、この世界に『使用人に礼を言うのはありえない』という文化的背景があるとするなら、このようなお礼ひとつであっても、受け取り手によっては、『こちらに性的興味を抱いているから、こんなふうに下手に出るのだ』と考えるかもしれない。

そのような異文化ゆえの認識の差、行き違いは、いくらでもありそうだった。

「どうして……君は俺のことを、好きだったはずだ」

「あなたが何にこだわっているのか分かりませんが、私たちは互いに意思疎通ができていなかったのだと思います。私たちは育ってきた文化が違う。お礼の言い方、お詫びの仕方、話しかける時の距離感、タイミングの計り方――すべてが異なるでしょう。仕草、ジェスチャーなんかもそうで、同じものを見ても、まるで別の意味に受け取られてしまうことがあったかもしれません。あらゆることに違いがある。こうなったこと……原因は私には分かりませんが、すべてあなたの思い込みだというのは確かです」

「そんな……じゃあ君は、本当に？」

ショーは泣きそうに見えた。けれど祐奈はそれに対して何も感じなかった。

彼に伝えたことはすべて事実だし、それが彼を傷つけてしまったのだとしても慰める気はない。そもそも感情的に処理したのは、ショーのほうだ。ラング准将やリスキンド、カルメリータだったなら、コミュニケーションの過程で同じ問題が起こったとしても、頭ごなしに相手を責めたりはしなかっただろう。

あの時のショーにもう少し冷静さと思い遣りがあったなら、あんなふうにはなっていなかったはず。

「この世界に来た時、私はすごく緊張していました。周囲に迷惑をかけたら無一文で放り出されてしまうかもしれないと恐れていたし、できることなら護衛のあなたとも上手くやっていきたいと考えていました。そんな私の遠慮や恐れが、変なふうに伝わってしまったのかもしれません。でもこれだけは言っておきます——あなたを素敵だと思ったことは、過去に一度もなかった。正直、顔もタイプではない」

祐奈はショーの顔について好みだとか、好みじゃないとか考えたことはなかった。もしもショーの人間性を好ましいと思っていたなら、外見にも好意を抱いたことだろう。

けれどあえて「タイプではない」と口にした。ショーは自分の顔に自信があり、なぜか祐奈がそのせいで自分に付き纏ってきたと考えているようだ。だからこそ、そうではないと伝えた。

祐奈は視線を切り、彼の前を離れることにした。今度こそ祐奈は振り返らなかった。ショーをその場に残し、静かに足を進めて、自室に入った。

ラング准将は一連のやり取りを後ろで聞いていて、感情を押し殺さなければならなかった。血迷った言動の数々――祐奈の手を握ってやりたいだとか、アリスの所でずっとそうしていただとかいうのも業腹であったが、それより何より。

――ショーは祐奈の素顔を見ていた。

それはすでに分かっていたことだが、この男の口から恥知らずにもそのことが垂れ流されると、やはり苛立ちを覚える。

ショーは祐奈に好かれはしなかったが、それでもある意味、彼女にとっては特別な男だった。温和で揉めごとが嫌いな祐奈。そんな彼女に「嫌いだ」と言わしめたのだ。それは考えようによっては、なんとも甘美で、背徳的でもある。

ショーは祐奈を激しく傷つけた。皮肉なことに、祐奈はショーのことをこの先もずっと忘れはしないだろう。彼女に親切にする男が現れたとしても、そんな相手よりも、ショーのほうが記憶に残る。下手をすれば一生――祐奈はショーを忘れることがない。

理不尽で、不健全だが、どうしようもない。

それでもラング准将は正しい行動を選択する。衝動のまま振舞えるなら、とっくのとうにこの男を半殺しにしている。

――ショーがよろけるように立ち上がり、部屋から辞去するため歩き始めた。

扉のそばに控えていたラング准将がショーの進路を塞いだ。ショーは戸惑ったように、目の前に佇む非凡な騎士を眺めた。

そしてラング准将の怜悧な瞳がこちらを見据えているのに気づくと、反射的に体を強張らせていた。おそらく、怯えたのだ。

ラング准将はただ静かな立ち姿を保っていたし、表情もいつものとおりだった。落ち着いていて、同性のショーからみても、この上なく端正だった。

けれど違う。やはりいつもと違う。言葉では説明できないような圧を感じる。寒気を覚える。

それは特別、複雑なことではなかったのかもしれない。単純に相対してみて、格の差を思い知らされただけなのかも。ただそこに佇んでいるだけで、ラング准将は圧倒的だった。

ショーは指先が小刻みに太腿に触れる感触で、自分が震えている事実に気づかされた。

「隊を抜けろ、ショー」

ラング准将から告げられた言葉はあまりに厳しかった。——怒鳴られたわけではない。しかしショーが息を呑むような何かがそこにはあった。

「それは……俺が祐奈に嫌われてしまったからですか？　フラれた挙句、護衛隊もクビに？」

聖女は絶対的な存在だ。ショーはアリス隊所属であるが、祐奈がそれすらも気に入らないというのなら、従わざるをえないということだろうか。

アリス隊にいれば、この先、祐奈の誤解を解くチャンスも巡ってくるかもしれない。だからラング准将に言われたことは、正直納得がいかなかった。

「お前の恋愛が成就しようがしまいが、進退には関係がない」

「ではなぜ」

「明確な倫理違反があったからだ。お前は聖女祐奈に対し、王都で虚偽の申告をした。性的嫌がらせをされた、と」

「でもそれは、あの時は本当にそう思って――」

「それで結果は？　正しかったのか、誤りだったのか」

「それは……誤りでした。彼女は無実だった」

「では、虚偽の申告をしたと認めるな」

「はい」

「自分がした愚かな行いを、その頭でよく考えてみることだ。――護衛騎士の職務はなんだ？」

「聖女を護ることです」

「本来、自分を護ってくれるはずの存在に、彼女は貶められた。尊厳を打ち砕かれ、彼女の評判は地に落ちた。お前の悪意ある行動がなければ、祐奈がローダールートを進んでいたかもしれない。お前は彼女の輝かしい未来を奪ったんだ。その手で」

ショーは言葉もなかった。言われて初めて気づいた。

祐奈は少ない護衛で旅をしている。皆に後ろ指を指されて、軽んじられて。もうずっとそうだったから、当たり前のこととして受け止めていた。

――アリスが上で、祐奈が下。一番手と、サブ。

祐奈の素顔を知り、彼女を愛し、不遇な彼女のそばに付いていてやりたいと思った。アリスほど優遇されていなくて、可哀想だと。

けれどそもそも祐奈の扱いがこんなふうに散々なものになったのは、ショーのせいだった。

「分かり、ました……すぐにアリス隊を抜けます。祐奈にしたこと、とても反省しています。俺が詫びていたと、彼女に伝えてください」

「反省していますのひとことで、かたがつくとでも？　たとえ祐奈が許したとしても、それで終わりにはしない」

「え？」

「旅が終わったら、お前を聴聞会にかける。追及はかなり厳しいものになるだろう」

「そんな……」

「これはごめんなさいで済むような軽い話ではない。お前は重罪を犯した」

重罪——目の前が一気に暗くなる。

「王都に戻り、沙汰を待て」

ラング准将が部屋の扉を開け、ショーを厳しい目で見据えながら、退去するよう促した。

ショーはよろけながら部屋から出て行った。

＊　＊　＊

廊下をひとりトボトボと進みながら、ショーは悄然と肩を落としていた。

根が単純なため、祐奈に申し訳ないことをした、嫌われて当然だと、負のループに陥る。……なんということをしでかしてしまったのだろう。

――可哀想な祐奈。清廉な天使。

ショーは『こうなったら人生を賭けて罪の償いをするしかない』と心に誓った。祐奈が気の毒だったし、自分が傷つけてしまったのだと思うと、胸が焼け爛れたように熱くなる。

ショーは朱に染めた顔を歪め、グズグズと泣き始めた。拳でこぼれ落ちた涙を拭い、しゃくり上げる。

――ずっと君を想うよ。ずっと君を愛し、罪を償う。

この愛は永遠――祐奈のためなら命だって捧げられる――まるで殉教者のように崇高な気持ちだが、それでも俺は生きよう。彼女のために生きよう。王都に戻り、贖罪の日々を過ごしていこう。

聖女の旅が終わり、裁きにかけられた時、牢に入れと言われたなら、決定に素直に従うつもりだ。そうすることで祐奈に自分の愛を示したい。

ショーは悲劇の主人公気取りで、その身に盛大な悲壮さを漂わせ、窓の外の月を眺めた。

そして唇を噛みしめ、ふたたび瞳を潤ませるのだった。

＊　＊　＊

ラング准将は祐奈の様子が普段と違うことに気づいていた。昼間アリスとやり合ったようだし、とても心配だった。

カルメリータがそばにいた時は、それでも気丈に振舞ってはいたらしい。……ただ、カルメリータもすべてを見聞きしたわけではない。カルメリータと枢機卿の側近であるアンは、途中で席を外すように言われてしまったらしいから。

――その後、祐奈、アリス、ショーの三名で何を話したのか。ふたたびカルメリータが対面した時、祐奈はかなり動揺していたそうだ。

祐奈の自室扉をノックする。少し間があり、扉越しに彼女の声。

『……はい』

やはり元気がない。

「少し話せますか」

『……あの、ごめんなさい。今日は……無理そうです。すみません』

扉を開けてもくれない。ラング准将は瞳を伏せ、静かに息を吐いた。

……ままならない。自分はこの扉一枚越えられない、そのことがもどかしく感じられた。

＊　＊　＊

翌日。

祐奈は朝一でレップ大聖堂の司教から呼び出しを受けた。……今さら、一体何を、と戸惑いを覚える。

司教は『ヴェールの聖女と面会するのは、末代までの恥』とでも考えているのか、祐奈がこちらに着いてから一度も会おうとしなかった。

だから祐奈のほうも、このまま司教とは一切話をすることなく、ここを発つのだろうと考えていた。聖具を見せてくれないと、魔法をブレスレットに取り込めないが、まぁそうなったとしても仕方がないかな、と。

それが突然、至急会いたいと言ってきた。出発直前というタイミングでもないし、「どうしても今すぐに」というのがよく分からない。

正直、嫌だなと思った。色々あって疲れているというのもある。昨日は気が昂っていたので、それで試練を乗り越えられたが、一晩たってみると、あとには虚しさだけが残った。体が重く、元気が出ない。

司教と会うのは億劫だったが、断るわけにもいかない。

心優しいラング准将は、祐奈が『絶対に嫌だ』とゴネたなら、おそらく面会をキャンセルしてくれただろう。けれど祐奈は彼に負担をかけたくなかった。

アリスからも、ラング准将への態度が不適切だと注意されている。これからはより一層、彼に対する言動には気をつけなければならない。

＊＊＊

一方のラング准将は、祐奈の前では態度にこそ出さないものの、そろそろ危険な領域に達しつつあった。

彼がここレップ大聖堂で大人しくしていたのは、祐奈の心情を鑑みてのことだ。

レップの司教は退屈で偏屈な俗物である。それにアリスという無視できない脅威も存在したし、枢機卿の動きもどこかキナ臭かった。だから祐奈を関わらせないために、単身彼らの元に赴き、我儘に付き合ってきた。

ところがどうだろう――彼らは祐奈を軽んじ、振り回し、卑怯な手段で嵌めた。到底許すことはできない。

ラング准将はほかの人間と比べてみても、辛抱強く、高潔である。抑制も利いている。

それは自らに重い枷《かせ》を嵌めているようなもので、それを外した時、どうなるか――彼を取り巻く身勝手な人間たちは、自分がまずい相手に喧嘩を売ってしまったのだと、これから深く後悔することになるだろう。

＊　＊　＊

館内を移動中、アリスが髪を振り乱して近寄って来た。

ここは建物の一階部分で、西翼と本館の繋ぎ部分に当たる。距離は短いが柱廊形式となっていて、壁がなく吹き抜きになっていた。

驚いたことにアリスは、屋外からショートカットして直接ここへ来ようとしているらしい。しかも彼女は単独で行動していた。

常識外れのルート選択、護衛がついていないこの状況――あまりに異常だった。彼女の鬼気迫る勢いに圧倒され、祐奈は体を強張らせる。

柱廊には壁がないとはいえ、植え込みや果樹がすぐそばに生い茂っているので、スマートな方法ではすんなり外から入って来られない。それをアリスは力ずくで踏み越えてきた。植え込みの枝を折りながら突進してくるさまは、怪獣がビルをなぎ倒しながら進む特撮ものの一場面にも似ていた。

魔法で木々を焼き払わないところを見ると、相当に慌てているようである。

また攻撃されるのか――身構える祐奈であったが、アリスはラング准将が目当てらしく、直接彼の元に詰め寄った。ラング准将のほうが祐奈よりも外側に控えていたので、アリスが祐奈の元まで到達することはなかった。

ちなみに今この場にいるのは、祐奈と護衛のラング准将、そしてリスキンドの三名である。そこにアリスが加わった形だ。

「――どうして連絡をくれないの、エドワード」

恋人から冷たくされたのを責めるような口調。アリスの瞳には怒りと、焦燥と、懇願が滲んでいる。唇は血の気を失い、小刻みに震えていた。

彼女はほとんど腰砕けになっており、ラング准将のほうに体を投げ出すようにして、なんとか転倒するのを免れた。

対し、ラング准将は顔色ひとつ変えていない。アリスに摑まれても、体幹がしっかりしているのでよろけることもなかったが、紳士らしく手を差し伸べようともしない。こういったケースでの最低限の気遣いさえ見せることはなかった。

「護衛は？」

ただ静かに尋ねる。

「見て分からない？　ひとりよ！　私、窓から抜け出したの」

「あなたの居室は二階でしょう。空でも飛んで来たのですか」

「冗談を言っている場合？」

アリスがヒステリックに喚く。

「あなたに会う必要があったから——だから、この私が！　こうして頭を使って！　わざわざセッティングしたんじゃない！」

「どういう意味です？」

「朝一で祐奈と面会するよう、司教に命じたのよ。そうすれば祐奈に帯同して、あなたがここを通る。私は入浴したいと護衛を騙して、一階の浴場に来た。お風呂に入るふりをして、浴場の窓から這い出て、外回りでここまで。こんな——こんなことを私にさせて、あなたは申し訳ないと思わないの？」

「なぜ私がそれを気にしなければならないのです？」

「あなたは義務を果たしていない！　私は内密にあなたと話す必要があった！　あなたのほうが気を回して、上手くセッティングするべきでしょう？　私からは色々と難しいのに、こんなことまでさせるなんて——」

「——それほど、キング・サンダースを出し抜くのは大変ですか？」

ふたり、しばし黙したまま見つめ合う。

アリスはピンと張り詰めた糸を思わせるような、奇妙な緊張感をその身に纏っている。対し、ラング准将は泰然としていた。

見守っていた祐奈は複雑な心境である。

ふたりの距離感は一線を越えているように感じられるのだが、それでも互いのあいだには明らかな温度差があった。アリスは沸騰しそうなほどに熱を上げているのに、一方のラング准将は冷めきっている。とてもじゃないが恋仲には見えない。

昨日アリスは祐奈のことを散々なじってきた。勘違いしている、あなたはラング准将に迷惑をかけているのだと。だけど自分はどうなの？　ラング准将のほうはこの事態を歓迎しているようには見えない。

——そして、おかしいと感じていた突然の司教からの呼び出し。アリスの計画だったのか。しかも彼女が仕組んだ理由は、『ラング准将と話したかったから』。

振り回されたのが分かり、嫌な気持ちになる。なぜ彼女の勝手な都合で、朝から司教と会談しなければならないの？

「私の護衛になる件、ＯＫよね？　そのつもりだと言って。そして私を抱きしめて。態度で表してよ」

アリスの鬼気迫る問い。

祐奈はハッと息を呑んだ。……彼女の護衛になる？　具体的にそういう話が進んでいるの？

心臓が潰れそう。彼に縋って、もう面倒はかけないと誓うから、どうか捨てないでと泣きつきたくなる。あなたが嫌なことは二度としないし、言うことはなんでも聞く。だから——。

「返事が欲しいのですか？」

「焦らさないで。エドワード、ねぇ、お願い」

「焦らすつもりはないのですが」

そう告げてから、ラング准将はしなだれかかっているアリスの肩に触れた。彼女は彼から触れられて、その先の行為を期待するように頰を紅潮させる。

しかしラング准将は、突き放すように彼女の体を遠ざけてしまった。それは引き剝がすまでの乱暴さではなかったけれど、あまりに冷たい仕草だった。

「——護衛の件、正式にお断りします」

誤解のしようもない、きっぱりとした口調で彼が告げる。

「なんですって?」アリスはほとんど取り乱しかけていた。「馬鹿な——あなたは、断れる立場にない」

「それは見解の相違ですね」

「許さないから」

「では、サンダース経由で苦情を申し立ててください」

アリスがほぞを嚙む。彼女が言葉も出せないくらいに追い詰められているのを、祐奈は初めて見た。

アリスは混乱したように視線を彷徨わせたあと、ふたたび怒りの感情を取り戻したらしく、目の前のラング准将を恐ろしい形相で睨み据えた。瞳は充血し、憤怒の表情で涙をこらえている。彼女の細い顎が、怒りのあまりぶるぶると震えていた。

ラング准将が気まぐれのように続ける。

「ひとつアドバイスを。交渉を進める際は、相手に自分の弱点を晒さないほうがいい」

「私に弱点などないわ、私は完璧な存在なの！」

「けれどあなたは全身で訴えていましたよ――キング・サンダースが怖い、と。私が欲しいのなら、先に彼と対決し、決着をつけてからにすることですね。今の連れ添いときちんと別れてから、次に手を出したらいかがです？」

「彼はパートナーじゃない。それにね――私が『次を』と望んだら、あなたはサンダースを排除して、自分の身を差し出すべきなのよ。膝を折り、私に乞いなさい」

「笑わせる。私が膝を折るのは、あなたに対してではない」

「では誰に？」

「本当に聞きたいのですか？」

もしかするとラング准将は悪い男なのかもしれない。笑んでもいないが、少し嗜虐的でもある態度だった。彼はアリスの気持ちを弄んでいるかのように、気ままに振舞っているように見えた。そのままのらりくらり、彼らしくなく、適当にあしらって終わりにするのかと思った。――だけど違った。

ここでラング准将の纏う空気が少し変わった。

より濃密に。

より仄昏く。

彼から発せられた逆らい難い圧を感じ、アリスは息を呑んだ。

「それからもうひとつ、言っておくべきことが。――先日、祐奈を脅したと聞いている」

「だ、だったら何よ。私がそのつまらない小娘を脅したとして、それが何」

「私にとっては大問題だ」

「は、何を言って――」

「――次、彼女につまらないちょっかいをかけてみろ。ただでは済まさない」

耳を傾けていた祐奈は、思わず体を強張らせていた。驚いたことに、ラング准将がアリスを脅している。

彼の怒りは相当なものだった。怒鳴ってはいないけれど、言葉に彼の意志が乗っている。それはあまりに苛烈だった。聞いているだけで、震えが出るほど。かつてないほどに彼が腹を立てていることが祐奈には分かった。

これに対し、アリスはほとんどヒステリーを起こしかけていた。彼の佇まいに恐怖を感じるよりも、女性として受け入れてもらえなかった怒りが勝ったのだろう。

まるで川面を棒で無茶苦茶に叩いているみたいに、駄々をこね始める。

「もう、何よ、何よ――馬鹿にして！　ただでは済まさない？　はぁ？　誰にものを言っているのよ、ふざけるんじゃないわよ！　どうする気よ？　私を殴る？　でもあなたより私のほうが強いわよ、みくびらないで」

「強いと信じているなら、試してみるといい。勧めはしないが」

「あなたの物言いはあまりに不敬よ。訴えてやるから。奴隷のように扱ってやる。踏みつけて、根こそぎ尊厳を奪ってやるわ。あなたは一生私に奉仕するのよ。そのうちに私に乞うようになる。私が欲しいと言わせてみせる」

「訴えるなら、どうぞご自由に。そうしたらサンダースにも話がいき、君の裏切りがバレることになる——恥知らずにも、君が、私を欲しがったとね」

「この……人でなし！」

「これが最後の警告だ。二度目はない。——次、私に無断で祐奈に近づいたら、生まれてきたことを後悔させてやる」

ラング准将はそう言い捨て、祐奈の背に手を回した。そうしてこの上なく丁重に祐奈を促す。リスキンドも黙ってそれに従った。

一行は、アリスがいないかのように存在を無視して、その場を立ち去った。


しばらくのあいだ黙って歩いた。あのお喋り好きなリスキンドですらひとことも発しない。祐奈は気もそぞろで、ラング准将のエスコートに従って歩き続けた。

ふと気づけば本館を通りすぎていて、司教との約束の場所に向かうには、道が違うのではないかと祐奈は思った。

「中庭を抜けるルートで、西翼に戻りましょう。司教との会談は、私がキャンセルしておきます」

ラング准将の落ち着いた声音。彼の手が背中から離れた瞬間、祐奈の胸の奥から何かが込み上げてきた。

衝動——不安——疑問——居ても立ってもいられなくなる。ラング准将のアリスに対する態度は、誤解のしようもないほど潔癖だったけれど、それでもまだ不安が去らない。

祐奈は思い切って口を開いた。

「あの、大丈夫なのでしょうか？　アリスさんに……あんなことを言って。ラング准将が罰せられるようなことは……」

「あなたが私の心配をするのは、筋違いです」

「でも、アリスさんはものすごく怒っていましたし」

祐奈がしどろもどろにそう言うと、ラング准将が足を止めた。

祐奈もそれにならう。ふたり、静かに向き直った。

彼の瞳にはいつもの包み込むような穏やかさがない。先ほどのアリスに対する態度とは質がまるで違うものの、今の彼が親切かといえば、そんなことはなかった。まるで抜き身の剣みたいだと祐奈は思った。

彼に傷つけられるかもしれないと感じたのは、これが初めてのことだった。

「本当に気がかりなことは、別にあるのでは？」

「それ、は」

「あなたは何を恐れているのです」

いつも安らぎを覚えていた、深みのあるアンバーの瞳。しかしごまかしを許さないというように見つめられると、心が乱れて、怖くなる。

「ラング准将が、我慢をしているのではないかと」

「我慢？」

「本当はアリスさんの護衛に戻りたいのに、義理を優先しているのではないですか？　私の護衛になってしまったから、裏切れないと。本心で選んだわけじゃなくて、仕方なく」

「それを私に答えさせようとするのは、ずるいです」

「え？」

「あなたは……私がアリスと行ったら、嫌ですか？」

「それはもちろん、嫌です」

「なぜ？」

「だって……ラング准将がいないと、私」

「困る？」

困るというのとも違う。損得ではなくて、もっと単純なこと。心の問題。あなたがいないと……いないと……。

「あなたは何も打ち明けてくれない。――どうしてアリスとの一件、話してくれなかったのですか。カルメリータから聞きましたが、私はあなたの口から聞きたかった」

「ラング准将の負担になりたくなかった」

「そうされると拒絶されている気分になります。――隠されたら、護れない。壁を作られたら、踏み込むことができない。あなたは私を必要としていないように見える」

「そんなことありません。私はあなたを頼りにしていて」

「そうは思えない。あなたは他人行儀だ。信用されていないのかと、悩みました」

ラング准将の言葉が胸に刺さった。首を横に振る。涙が滲んだ。違うのに。ただあなたを失いたくないだけ。大切すぎて、失くすのが怖いだけ。

「私がアリスの護衛になったら、どうして嫌なのか――……その理由を考えてみてください」

そんなの……考えなくても分かっている。でも言えない。彼は困るに違いないから。

「……分かり、ません」

彼の美しい虹彩が、目の前にある。手が届きそうで、とても遠い。

彼が囁きを落とす。その言葉は突き放すようでいて、茨の棘のように、祐奈を絡め取った。

「分からないなら、分かるまで――ずっと私のことを考えてください」

＊＊＊

ラング准将が司教に会いに行くと告げ、途中で別れた。リスキンドとふたりきりになり、彼から、

「大丈夫？」

と問いかけられる。気遣いが身に沁みた。

ラング准将と離れた瞬間、彼にひどいことをしたような気持ちになっていた。……でも、どうしたらよかったのだろう？

「私、自分のことでいっぱいいっぱいで……ラング准将みたいに立派だったなら、私も自分に自信が持てるのに。自信が持てればきっと、素直に思いを言葉にできる。だけど」

「……そうかな。立派なラング准将には葛藤がない？」

リスキンドにそう言われ、戸惑いを覚えた。なんだかその口ぶりだと、ラング准将にも悩みがあるように聞こえる。

リスキンドが続けた。それはいつもの彼らしくない物思うような調子だった。

「ラング准将だって人間だよ。あの人は超人だけれど、それでも心は傷つくし、自信を失くすこともある。俺らと何も変わらない。彼が魅力的で、能力が高くて、誰もが憧れる存在だからといって、本人がそれで何も悩まないわけじゃない。相手の気持ちが分からなくて不安になるのは、誰だって一緒だろ」

この時のリスキンドは、先日のラング准将の姿を思い出していた――祐奈がショーのことを好きだったのではないかと、気にしていた彼。

こう言ってはなんだか、それがとても人間くさく感じられて。こんなにすごい人でも、こんなふうになることがあるのかと驚いた。

本人がどんなに優れていようが、そんなことは関係ない。相手に心のうちをさらけ出すことが、怖くなることもある。

祐奈は瞳を伏せた。――胸にずしんときた。

確かにリスキンドの言うとおりだ。『ほかの人なら余裕だろう』なんて考えは、ものすごく自分勝手だった。傲慢ですらある。自分はこのとおりつらいけれど、ほかの人はもっと楽なはず、だなんて。

勇気を出せないことを、傷つけられた過去のせいにしてはだめだ。

どうしてだろう……どうして大切なラング准将を避けてしまったのだろう。もしも自分がそうされたら、すごく悲しい気持ちになったはずだ。

ラング准将は上辺だけで嘘を言ったりする人じゃない。もっと彼を信じればいい。祐奈のことで困ったことがあるのなら、ラング准将ならたぶんちゃんと言ってくれる。だって、さっきの彼がそうだった。祐奈に対して嘘は言わなかった。

彼は結構怒っていたと思う。……初めて、本気で怒られたかも。すごくつらくて、申し訳なくて、泣きそうになった。

それなのに心のどこかで嬉しいと思ってしまった。彼を身近に感じることができた。彼は神話に出てくるような手の届かない存在なんかじゃなくて、ひとりの人間で、祐奈がしたことで、傷ついたり、悩んだりすることもある。

それって祐奈と同じだ。彼がしたことで、傷ついたり、悩んだりする。

彼は「分からないなら、分かるまで、ずっと私のことを考えてください」と言った。

でもね。ずっと考えている。ずっと前から、あなたのことばかり。あなたが呆れるくらい、あなたのことを考えている。

いつかそれを伝えられるといい。ヴェールを取って、彼の目を見て――ちゃんと言えるといいな。

＊　＊　＊

アリスの準備が整ったらしく、明日出発ということに決まった。当然、祐奈もそれにならうことになる。

前日の夕刻——入浴を済ませ、浴場から部屋に戻る途上でのこと。一階本館と西翼の繋ぎ部分で、オズボーンが待ち受けていた。

そこはちょうどアリスに突撃された例の場所だったので、祐奈はなんだか複雑な気持ちになってしまった。……なんかここ、待ち合わせ場所みたいになってない？　と思ったからだ。

「やぁ、祐奈」

円柱に寄りかかっていたオズボーンが、ひらりと手を振ってくる。

「君の魔法について、話しておこうと思って。明日はもうここを発つから、その機会もないかもしれないし」

この時、祐奈の護衛には、ラング准将とリスキンドがついていた。先日の枢機卿の一件があったので、浴場を使用する際は、表口と裏口、両方見張りに立つ必要があるとラング准将が主張したためだ。

「……どの魔法について、ですか？」

質問したものの、祐奈には答えが分かっているような気がした。オズボーンが問題視するなら、たぶんあれしかない。

彼は億劫そうに背中で柱を押すようにして、ふらりとこちらに向き直った。祐奈を真っ直ぐに見据え、口を開く。

「君は分かっているはずだ——あの魔法はとんでもない代物だと。理《ことわり》を捻じ曲げる」

「ただの回復魔法ですよ」

「本気でそう思っている？　冗談だろ」

オズボーンが口の端を持ち上げたのだが、楽しんでいるような顔つきではなかった。微かに眉根が寄っており、視線はあくまでも鋭い。

「何度かあれを使ったね」

「ええ」

「それで君は気づいたのでは？　――何かがおかしい、と。モレットであれを取得した際、君はあくまでも『回復する魔法』を望んでいた。しかしブレスレットに取り入れる際のイメージがあまりに突飛すぎた――変にアレンジせずに、『怪我が治る』『病気が良くなる』くらいに、曖昧さを残したまま取り込めばよかったんだよ。けれど君は『元の状態に戻るように』という、おかしな指示を加えてしまった。それはつまり『時間』に働きかけるものだ。それにより、これまでこの世界のどこにもなかった、サイクルする矢印の向きが作り出された。あれは『回復』なんかじゃない――もしもあの魔法がエネルギーを巻き込んで無限に空転を続けたなら、循環、繰り返し――重力にまで影響を及ぼすぞ」

オズボーンに言われて気づいたのだが、あれは実際には『巻き戻し』ているわけだから、対象は生命体に限定されない。たとえば壊れたカップなども、元に戻すことは可能だろう。

――ショーの腕をくっつけた時、あれ？　と思ったのだ。流れ出た血液の痕跡までもが消えていたから、ショーの体内に戻ったのだろうか？　と。

ただの回復魔法なら、ショーの腕がくっついた時、地面に染み込んだ血液はそのままになっていないとおかしい。けれどそうはならなかった。ショーの状態は、時間軸そのものが正確に巻き戻っていた。

それなのに一定時間経過後、また腕が斬れることはなかった。『巻き戻し』なら『巻き戻し』で、ふたたび時間が流れたら、自動的にまた斬れないとおかしい。

つまり戻したのにもかかわらず、同じ流れは辿らない。その部分においては循環しない構造になっている。『回復』という巻き戻りを経験したあとは、今度は別の時間軸に進む。データの上書きみたいなもので、そこでリセットされる。

しかしオズボーンが先ほど言ったように、空転させるように祐奈が矢印の向きを少し弄れば、別の時間軸に行かせないことも可能なのか？

永遠に現象をループさせる――そこから抜け出せないように――……

「恐ろしいのはね、祐奈」

オズボーンが瞳を細める。

「普通ならあんな馬鹿馬鹿しい魔法は到底実現不可能であるはずなのに、なぜか完成してしまったってことなんだ。――精霊アニエルカの力が強すぎたのか？　あるいは君のイメージ力が並外れて優れていたのか？　もしくはその両方か。本来ならば取り込み時に弾かれて、ＮＧになっていないとおかしかった。でもできてしまった。それでね――あの魔法がどうしてありえないか、理由が分かる？」

「どうしてですか」

「巻き戻りも十分にイカレた概念なわけだが、君の作り出した魔法はもっと異常性が高いんだよ。なんせ『局地的に』戻しているんだからね」

「限定的なほうが、簡易に実行できるのでは……」

「馬鹿言っちゃいけない。戻すなら全部――銀河すべて一律に時間を戻してしまうほうが、健全なくらいだよ」

「それこそ馬鹿げている」

「分からない？　たとえばそうだな――布地の一部」

オズボーンは自身の上着の、脇腹のあたりを、指でチョンと摘まんでみせた。

「この数センチ四方だけ限定的に裏返すのって、不可能だと思わない？　ひっくり返したいなら、上着ごと全部裏返すのが普通だ。ところが君がやっているのは、前者――痕跡もなく、綺麗に、数センチ四方だけを裏返している」

そう言われてしまうと、確かにありえない……のか？　つなぎ目はどうなったんだという感じがしなくもない。魔法という響きから、なんでもありなのかと思っていたけれど、どうやらそうでもないらしい。

オズボーンは祐奈を責めるけれど、もう完成してしまった魔法なのだから、どうしようもなかった。

ありえないと言われても、祐奈は行使者なので感覚的に分かっている。使用しても、別にまずいことはないということが。あれを行使したあと、魔力の流れが異常性を示したとか、そういうマイナスな反発はなかった。

むしろ雷撃などより、滑らかに展開できているくらいで。

「異常性が高いのは分かりましたが、問題がありますか」

自分で見落としている点があるかもしれないと、念のためオズボーンに確認してみた。

「君のせいで、未来が流動的になっている。君はあの魔法を使いこなせない」

……そう言われましても。

「さて最後にひとつアドバイスだ」

「アドバイス？」

珍しい。そういうお節介とは無縁の人かと。

「——ここでは魔法を取得『しない』ほうがいい」

取得『する』ほうが、ではなく、取得『しない』ほうがいいの？

「というか、そもそも……レップの聖具はひとつきりですよね？」

「うん」

「それなのにアリスさんと私のふたりとも、取得することが可能なのでしょうか」

「ここでは可能だ。だめな聖具が多いけれど、レップならばね。でもさっき言ったとおり、君は辞退したほうがいい」

「どうして？」

「詳しくは言えないが、このアドバイスはただの気まぐれ。——僕を信じる？」

彼は誠実な人間じゃない。祐奈にもそれは分かっている。どちらかといえばアリス寄りのような気もしている。

「あなたは私の味方ですか？」

「そうとも言い切れないね。今後、君を最悪の窮地に追いやる可能性は否めない」

オズボーンと見つめ合う。彼の灰色の瞳は、感情を読み取らせない。薄曇りの空のようで、陽光の暖かさを忘れそうになる。

——結局、自分で選ぶしかない。

祐奈は歩き始めた。

オズボーンは脇に避け、ラング准将のほうをなんだか楽しげに眺めていた。

それはいつもどおりのオズボーンだった。悪戯好きで、好奇心旺盛。

先ほどの真面目な態度はもしかすると、魔が差した結果なのかもしれなかった。


部屋に戻り、各々、好きな場所で好きなようにくつろぐ。

「どうしますか？」

ラング准将から尋ねられた。彼はひとりがけのウィング・チェアに腰を下ろしている。相変わらず優雅な居住まいであるが、物思うような表情を浮かべていた。

リスキンドは絨毯の上に行儀悪くあぐらをかいており、少々お疲れモード。

カルメリータはソファに行儀良く腰かけている。その隣にはルークが。寝そべって、半目になり、ウトウトしかけている。

立ったまま壁に寄りかかった祐奈は困り果てていた。

「……決められません」

「オズボーンは信用できない」

「そうですね」

確かに、そう——オズボーンにはよく分からないところがある。

信じていいのか？　いけないのか？　信じることにした場合でも、結論は簡単には出せない。たとえ今回彼が思い遣りを発揮したのだとしても、彼が考える親切がこちらにとって有益かどうかは別の話だからだ。

世の中には『ありがた迷惑』ということがある。相手が良かれと思ったことでも、受け取る側からすると迷惑でしかないことも。

しかもオズボーンは魔法取得をしないほうがいい理由について、説明してくれなかった。

「リスキンドはどう思う？」

ラング准将が尋ねた。

「うーん……」

リスキンドは膝を撫で、背を丸めるようにして床を眺めた。彼のふわふわの赤毛が揺れるさまを、壁際に佇む祐奈はぼんやりと眺めおろした。……『彼、つむじが右側にあるのね』という、どうでもいいことを考えながら。

しばらくたってからリスキンドが顔を上げた。なんだか難しい顔をしている。

「勘は鋭いほうなんですが、ここのところ、ちょっと冴えない時があるしなぁ」

彼のせいというわけでもないのだが、このところ祐奈の護衛をしている時に事件が起きまくっていたので、リスキンドはそれをまだ気にしているらしい。

「でもやっぱり俺は……魔法はできる限り覚えたほうがいいと思います。今は少しでも多く取り込んでおいたほうがいいんじゃないかと。これ以上アリスとの差が開くのはマズい。そもそもこの件をオズボーンが言い出したのが、なんだか気に入らないし」

「彼は信用できない？」

とラング准将。

「できない。これだけは、はっきりしています。やつは絶対に味方じゃない」

オズボーンが敵か味方かの見解について、リスキンドは一切迷わなかった。

祐奈はラング准将の意見を訊いてみたいと思った。

「ラング准将ならどうしますか？」

「私が祐奈の立場なら、魔法を取得します。リスキンドと同じ意見です」

「そうですか」

「ただ……私の視点のままで、祐奈のこととして考えると、どうなのか」

ラング准将の声音に躊躇いが混ざった。こういった決定時には迷わない人だという印象があったので、祐奈は意外に感じ、じっと彼を見つめてしまう。

ラング准将はしばらくのあいだ考えを巡らせていた。

「……頭では、取得したほうがいいと分かっている。しかし」

やはりこんなふうに言葉を濁す彼は珍しい。

「オズボーンさんの言うとおりにしたほうが、上手くいきそうですか？」

「……そうですね。なぜそう思うかは分からない。経験や勘——あらゆる要素が『オズボーンを信じるな』と言っているのに、それでもここでは魔法を取得しないほうがいいような気がして」

ラング准将とリスキンドの意見に共通しているのは、『オズボーンを信じるな』という部分か。

「祐奈の意見は？」

今度は逆にラング准将から尋ねられた。祐奈は考えを整理してから口を開いた。

「私はおふたりと違って、オズボーンさんのことをそんなに疑っていません。分かり合える部分もあるような気がして……甘いかもしれないですが」

「では彼のアドバイスに従い、魔法を取得するのはやめるべきだと？」

「いえ。それでもやはり魔法は取得したほうがいいような気がしています」

三者三様で、完全に合致はしなかった。けれど『取得しておくべき』の意見が優勢であり、唯一反対の意見を述べたラング准将も、確信はないようだ。『自分でも不可解』だと語っている。

そしてオズボーンを信じるべきか？　については意見が割れている。祐奈ひとりだけ違う見解。

これだけの材料で決定を下すのかと、祐奈は途方に暮れてしまった。

これは魔法取得に関する話なので、主体は祐奈であるべきだ。しかし正しい判断を下す自信がない。

祐奈は困り果て、カルメリータのほうに視線を向けた。

「カルメリータさんはどう思いますか？」

彼女は祐奈のそばまでやって来て、そっと手を握ってくれた。

「私は、間違った答えを選んでも大丈夫だと思っていますよ」

予想外のことを言われて、呆気に取られる。

「どうしてですか？」

「それはね――どんなに不利な状況であっても、きっとラング准将がなんとかしてくれると信じているからです」

祐奈を安心させるように微笑み、そのあとでラング准将のほうを悪戯に横目で見る。

――ラング准将は一本取られたような心地だったのではないだろうか。

微かに口角を上げ、

「では、全力で信頼に応えなくては」

と返した。

なんとなく、これで気が楽になって。祐奈はふと思いついて、こんなことを口にしていた。

「私の育った国には、『困った時の、神頼み』という言葉がありまして」

ラング准将は穏やかな瞳を祐奈に向け、リスキンドは片眉を上げてみせた。

「コイントスでもする？」

リスキンドに尋ねられたのだが、どうせなら祐奈自身がやりたかった。しかし祐奈はコイントスを上手くやれるか分からない。

「私はラケットトスで決めていたのですが」

祐奈は中学の時、バドミントン部に所属していた。一般的にどうかは知らないのだが、祐奈のところは、サーブ権をどうするかはラケット回しで決めることになっていた。それに慣れてしまったせいで、あの頃は困ったことがあると、すぐにそれに頼ったものだった。

「ラケットって何？」

「説明が難しいのですが、棒みたいなものでＯＫです。こう――床に立てるように置いて、クルクル回転させて、倒れた向きで決めるのです」

本来はグリップエンドの向きなどで判断するのだが、倒れた方向――右か左で決めてもいいだろう。

「ふーん、なんか面白そうだな。じゃあ、俺の剣を使いなよ」

リスキンドが床から腰を上げ、鞘に収まった剣を無造作に差し出してくるので、呆気に取られてしまった。

祐奈が突っ込みを入れる前に、カルメリータが目を丸くしてこれをたしなめる。

「リスキンドさん、剣をずいぶんぞんざいに扱いますね。誇りとかないのですか」

「人間、死ぬ時ゃ身ひとつだぜ。俺はこういうものにはこだわらない主義なんだ」

「少しはこだわれ」

ラング准将が呆れたようにため息をつく。

「まぁまぁいいじゃございませんか。この剣も重大な決定に使われたとあれば、名誉なはず。

――ちなみに俺は、引っかけた女の子と『俺の家で遊ぶか』『彼女の家に行くか』で揉めた時は、コイントスで決めている」

……耳が腐る……その場にいたリスキンド以外の全員がそう思った。

＊　＊　＊

絨毯が敷かれていない場所に全員が集まった。

祐奈は剣柄を手で押さえ、深呼吸をした。

「私から見て『右』に倒れたら、『魔法を取得する』。『左』に倒れたら、オズボーンさんのアドバイスに従って『魔法を取得しない』。では――いきます」

重そうだけれど、回るかな……。

なるべく垂直になるように調整してから、上から柄を押さえ直して、手首を捻った。思い切ってクルリと回す。

祐奈は剣にぶつからないように、慌てて後ろに下がった。

剣は想定していたよりも綺麗に回転した――先端を軸にして、バレエのターンみたいに。

やがて中心軸がぶれ――右へ傾いていく。

「あ……」

右は『魔法を取得する』だ。

これには全員がある種の安堵を覚えていた。魔法を取得したほうがいいというのは、結局のところ、皆が感じていたことではあったから。

ところが。

もう倒れるというところで、じっとその様子を黙って眺めていたルークが、ひょいとその身を乗り出したのだ。ルークの可愛い前足が、剣の鞘を押す。

それはあっという間の出来事だった。外部からの力が加わり、剣は左に倒れた。

「…………」

全員が無言になる。

すでに倒れている剣を眺めおろし、そのうちに顔を上げて、互いに視線を交わした。

皆、微妙な顔つきになっている。運を天に任せるはずが、結局、ルークが決めてしまった。

……これは、どうなのだろう？　無効？

祐奈はルークを見おろした。半目でこちらを見上げる、白黒の毛並みの犬。何か言いたげでもあり、何も考えていないようでもあった。ものすごく賢そうな顔にも見えたし、ただ眠そうな顔にも見えた。

それで……奇妙なことだが、笑えてきて。

祐奈は笑み交じりに皆に告げていた。

「決まりですね、『左』です――魔法取得は、しません」


夜、ラング准将はハッチの部屋を訪ねていた。側付きを外させ、サシで話をしたいと告げる。

――ラング准将を迎え入れたハッチはヘコヘコしながらソファを勧め、一番高い酒を振舞った。愛想笑いを浮かべて、『どうか面倒な話ではありませんように』と神に祈ってみたのだが、結局、その願いが叶えられることはなかった。というのもラング准将が持ち込んできたのは、とびきりの厄介事だったからだ。

「――アリスが私を護衛に戻したがっている」

なんと……ハッチは息を呑む。

ではチェンジか？　いや、待て。アリスがラング准将を望んだとしても、ハッチが祐奈に付かないで済む方法もあるかもしれない。

　たとえばＮＯ．３を祐奈のほうにやるとか、あるいはリスキンドに特例で権限を与え、繰り上がりで隊長にしてしまうとか。

　とにかくはっきりしているのは、アリス姫がそう望んだならば、ハッチに拒否権はないということだ。

「では、そのとおりにしなければ」

「逆だ」

「は？　今なんと」

「アリスが私を戻したがっても、お前が妨害するんだ」

「そんなのできるわけがない」

「いいや、やってもらう――借りを返してもらうぞ、ハッチ」

　ラング准将の琥珀色の瞳が真っ直ぐにこちらを射抜く。彼の目を見て、本気なのだと悟った。

　確かにラング准将には助けてもらった恩がある。しかしできることと、できないことがある。

「それはでも、無理ですよ、ラング准将」

「盗賊におびやかされてロジャース家で縮こまっていた件を忘れたのか。お前を助けてやったのは誰だ。しっかり思い出せ」

「しかしアリスに逆らったりすれば、私がサンダースに殺されてしまう」

「なぜ私の口から、お前に話を通していると思う」

「どういうことです？」

「アリスの要望は、サンダースを外して、私を戻すことだ。それを私が撥ねつけたから、次はお前に話を持ちかけてくる可能性が高い。枢機卿には話を通せない、込み入った事情があるようだからな」

「え……それじゃあアリスは、サンダースを嫌っている？」

「驚いたことに、そのとおりだ」

なんてこった……ハッチはソファの背に体を預けた。意図せず口元が緩む。

なんだよ、そうだったのか？　ざまぁみろ、くそサンダースめ！

「サンダースを外す件、それは願ったり叶ったりですよ。大体、あいつ、偉そうに――」

「しかしお前が中央に話を通し、サンダースを外せば、あいつはお前を殺すぞ」

「えっ、どうしてですか？　ひどいです、それはアリスの希望なのに！」

「サンダースには関係ない。お前が協力しなければ外されなかったと、怒り狂うはずだ。旅が終わったあと、やつに寝首をかかれるかもしれないと、ずっと怯えながら暮らすのは嫌だろう」

ハッチはぶるりと震えた。

確かに、サンダースは恐ろしい。ああいう手合いが恨みを抱いたら、命ある限りそれを忘れはしないだろう。

あんなイカレたやつに終生付き纏われるなんて、冗談じゃなかった。それでは苦労して護衛隊に志願した意味がない。王都帰還後、ハッチには薔薇色の人生が待っているのだから。

「それに私がこちらに戻るなら、お前はアリス隊から抜けなければならない」

「祐奈隊の指揮は、別の人間でもいいのでは？」

「だめだ。王都で二隊に分離した際、私とお前が分かれて治めるという前例を作った。それは今回も適用される。お前の勝手な都合でルールを捻じ曲げれば、国王陛下の不興を買うぞ」

ハッチはよく考えてみた……確かに、ラング准将の言うことは筋が通っている。

ＮＯ．１のラング准将と、ＮＯ．２のハッチ――これが祐奈隊、アリス隊を、現状分かれて指揮している。その初めの決定は、国王陛下のお膝元で行われた。

ここでアリスがラング准将を呼び戻した場合、当然、ハッチが代わりに祐奈隊に行くという話になる。それを突っ撥ねるのは、我儘を言って隊の運営を乱していると取られかねない。

ならば大人しく異動の辞令に従うか？　――いや、それはだめだ。ハッチは祐奈隊の指揮をするのなんて、死んでもごめんだった。

「ハッチ。私がアリス隊に異動になれば、お前に未来はない」

「ラング准将……」

「キャリアアップの計画もご破算だ――さぁどうする」

「私は具体的に何をすればいいですか」

「アリスはお前に、中央とのパイプ役になれと要求してくるはずだ。彼女は国王陛下の命でサンダースを王都に戻す形にしたいらしい。――お前はアリスから話を持ちかけられたら、言うことを聞くふりをして、時間を稼ぐんだ」

「国王陛下にお願いしているところだから、決定が下されるまで待つようにと、嘘をつくのですか？」

「そうだ」

「いつまで？　無理だ！　進捗を訊かれるだろうし、ずっととぼけているわけにはいかない」

「国境を越えてしまえばなんとでもなる。国外に出てしまえば、中央の影響力はほぼなくなるから、あとはアリスが泣こうが喚こうが知ったことではない。手に負えなくなりそうだったら、裏切りをサンダースにバラすと言って脅しをかけろ」

「旅が終わったあと、アリスから報復されませんか」

「ウトナ到着後は、聖女の影響力も薄れる。単なる名誉職に成り下がるから、恐れることはない。それでも糾弾されるようなら、私が護ってやる」

「しかし……国境を越える前に、アリスに嘘がバレたら？」

「はぐらかすのは得意だろう。あとは頭を使ってなんとかしろ」

「私は怖い」

「いいか――アリスの言うことを聞けば、お前は出世の望みも失い、その上で私のことも敵に回すことになる。これはお願いではない、お前にはこの仕事を必ずやり遂げてもらう」

ハッチの覚悟がようやく決まった。どのみちラング准将を目の前にして、彼に逆らうという答えはなかった。

「分かりました。やります」

＊　＊　＊

翌日。

大聖堂側からの見送りの儀式もなく、祐奈たちは静かにレップを旅立つこととなった。魔法取得をしないと決めたので、退去はスムーズに進んだ。

今、馬車にはラング准将、祐奈、そして番犬のルークだけが乗っている。

カルメリータは御者と少しお喋りしたいとのことで、外の御者席にいるから今は不在である。たぶん次の休憩地点で車内に戻って来るだろう。

リスキンドはいつもどおり馬で追走している。

――祐奈はラング准将がこちらの護衛に残ってくれて、ほっとしていた。レップにいるあいだにアリスが手を回して、ラング准将を取り上げてしまうのではないかと恐れていたのだ。とりあえずはなんとかしのげたらしい。

馬車に揺られながら、祐奈はここ最近感じていなかった安らぎを覚えていた。

祐奈は斜向かいの席に腰かけているラング准将のほうを見遣った。ヴェール越しでも視線を感じたのか、彼の瞳がこちらを向く。

穏やかで、成熟しているのに、どこか以前と違うようにも感じられた。

少し気だるげなような――それでいて、視線が交わると、祐奈のすべてを絡め取っていくような。

彼の気分ひとつで、こちらはどうとでもされてしまうに違いない、そんな予感に囚われるのは、なぜだろう。

祐奈は思い切って、彼に話しかけてみた。

「――ありがとうございます。いつも」

すると、ラング准将の口角が微かに上がった。

「――いいえ。こちらこそ」

それだけで胸が温かくなる。祐奈はそっと喜びを噛みしめた。

そしてヴェール越しに、外の景色を眺めるのだった。

＊＊＊

枢機卿は罪悪感にさいなまれていた。

膝を折り、頭を垂れながらも、目の前の人物に対してではなく、もうひとりの聖女のことを思い浮かべてしまう。ついに耐えきれなくなり、心の澱《おり》を吐き出した。

「ヴェールの聖女は噂とはまるで違いました。醜さとは無縁の人物だった。それなのに理不尽な目に遭っている。このまま死のルートを進ませるのは、あまりに気の毒だ。なにか回避させてやる方法がないものか」

「やむをえない」

それはあまりに冷淡な返答だった。

「しかし」

「ヴェールの聖女こそ、恵まれすぎているのではなくて？　最強の護衛に護られ、大切に扱われている。こちらの世界に来てすぐ、のうのうと保護された身で、それでも苦労をしてきたと言えるの？　あんなもの、私が味わわされた苦渋に比べれば、たいしたことではない。ほんの少しシヨーに嫌味を言われた程度ではね」

　耳を傾けながら、枢機卿は祐奈と初めて会った時のことを思い起こしていた。

　彼女はひとりぼっちで、不安そうだった。この世界に来たばかりで生活の基盤も整っていない中、性的嫌がらせをしたと一方的に糾弾されたのだ。

　相当な屈辱だっただろうし、誰も味方がいないと孤独を感じたことだろう。平静に振舞おうとしていたようだが、彼女は追い詰められていた。

　所詮、人の苦労というものは、他人が正しく理解することはできない。

　――簡単に『その程度で』と言えてしまうのは、結局のところ他人事だから。同じことが我が身に起きてみなければ、本当の意味で痛みなど分からない。

　今身廊にいる人間の中で、枢機卿だけが膝を折っていた。

　本来格下であるはずのキング・サンダースが、少し離れた場所に傲然《ごうぜん》と佇み、こちらを睥睨している。

　枢機卿は奥歯を噛みしめた。

　――こんな連中と組むくらいなら、祐奈を引き立てておくのだった。

　彼女は正しい人間だ。自分が追い求めていた、理想的な聖女像であると言える。

　王都にいた時ならば、まだ軌道修正は可能だっただろう。祐奈と組んでいれば、このような屈辱は味わわずに済んだのに。

　しかし今さら悔やんでみたところで、もうどうにもならない。

　祐奈はカナンで死ぬ。これは避けられないことなのだ。

＊＊＊

国境の町、カナンに到着した。

この辺りは空気がからりと乾燥している。黄色がかった石と日干しレンガでできた建物群はなんだか遺跡めいて見えて、質素であるのに、目を惹かれるような不思議な魅力があった。

夕日が沈む前にこの町に着いたので、リスキンドは番犬ルークを連れて、町の探索に出かけていった。

「──カナンの裏の顔も知っておかないとね」

なんて言っていたので、帰りはかなり遅くなるだろう。もしかすると朝帰りになるかもしれない。内面はダンディなルークも、粋な遊び方を心得ていそうだ。

そして陽気なカルメリータは宿で夕食を一緒に取ったあと、好奇心に瞳を輝かせて、

「お散歩してきてもいいですか？」

と尋ねてきたので、祐奈は「ごゆっくり」と言って送り出した。

たまにはのんびりと息抜きしてほしい。カルメリータの仕事は休みがなくて申し訳ないと感じていたので、彼女からそう言ってもらえるとホッとする。

祐奈が「ちゃんと休日を決めましょう」と提案しても、カルメリータ自身が「はい」と頷かないので、どうしたものかと気になっていたのだ。

──夜になり、宿には祐奈とラング准将だけが残った。

いつものように大きな部屋を押さえてあったので、広いリビングが中心にあり、寝室がいくつかついているタイプである。ふたりはリビングでローテーブルを挟み、対面する形でソファに腰かけていた。

「──明日、国境を越えますね」

静かな夜だった。

ラング准将の姿を眺めるうちに、祐奈は胸がキュッと引き絞られるように痛むのを感じた。

「そうですね」

彼の声を聞くのが好きだった。心がとても落ち着く。

自分にはあとどのくらい時間が残されているのだろう……祐奈は考えを巡らせる。果たして先があるのだろうか。明後日も生きていられるのか。

「ラング准将には、いつも親切にしていただいて感謝しています」

「急にどうしたのですか」

「節目なので、言っておきたかったんです。私はずっと勇気が出せなくて、臆病だった。でもあなたはいつもだめな私を許してくれた」

この時、祐奈はどういうわけか『ヴェールを取ってみてもいいかもしれない』と考えていた。抵抗はさして感じていなかったし、怖さもあまりなかった。これが最後かもしれないから、後悔しないように……そう思ったりもして。

でも、なぜだろう。太腿の上に重ねている手を持ち上げようという気にはなれなかった。……簡単なはずなのに。ヴェールを摑んで、下に落とす。ただそれだけ。

もしかするとこの空気が祐奈にとって完璧すぎるから、このままでいたいと望んでしまったのかもしれない。

とても穏やかな気持ちだった。国境を越えるのが怖くて仕方ないはずなのに、今は近くに彼がいて、満たされている。

「――あなたは強い人だと思います」

ラング准将の語り口は穏やかで、彼の飴色の綺麗な瞳で見つめられると、受け入れられているという安心感を覚える。

彼が静かに続けた。

「理不尽な目に遭った時、誰かに当たり散らすこともできたはず。けれどあなたはそうしなかった」

言われたことをよく考えてみる。彼はお世辞を言うような人じゃない。だから本心から言ってくれているのだろう。嬉しいと素直に感じるよりも、ちょっとしたバツの悪さを感じてしまった。

「それはラング准将に嫌われたくないから、良い子のフリをしていたのかもしれません」

自分でもその辺はよく分からない。ちゃんと自覚していなくても、無意識のうちにそうしていた、というのはありえるかも。

けれどラング准将がそれを否定する。

「いいえ。カルメリータに接する態度を見ていれば、分かります。あなたは目下の者に優しい。それから店に立ち寄った時も、店員に対してとても礼儀正しく接するでしょう？　私は旅が始まったばかりの頃から、ずっとそのことに感心していました。あなたは上辺だけでなく、心から相手に敬意を払っていた。――そういうところに出るのだと思います、その人の本性が。あなたは他人の立場になって考えられる人だ」

「あり……がとうございます」

自覚していなかったことを手放しに褒められ、少しまごついてしまった。

彼は不思議な人だと思う。たぶんラング准将はお人好しではない。それでもこんなふうに他者に対しておおらかに接することができるし、相手の良い点もちゃんと見つけてくれる。

――これは彼の善良性を示しているのだろうか？　そうでもあるし、本質的には少し違うのかもしれない。いい人だから親切にできるというような、単純な話でもないのかなと祐奈は思った。

彼は他者との距離の取り方が上手いのではないだろうか。もしかするとその辺は、武道の心得と通ずるものがあるのかもしれない。調和が取れている状態に持っていくのが上手いけれど、相手に委ねて妥協しているわけでもない。

自分自身が心地良いと感じられる適切な距離感で、相対するようにしているのだろう。

少し距離を置いているから、肯定的に相手を受け入れることができる。人間として成熟しているからこそ、のめり込みすぎずに相手をフラットに見ることができる。

でもやっぱり、ラング准将はとびきり私に甘い気がする……祐奈はこっそりとそう考えていた。

なんとなくではあるけれど、十以上も年の離れた幼い妹に接しているみたいな感じがするというか。ご飯を食べただけでも『偉いね』と頭を撫でてくれるような、穏やかな無償の愛に似通っている気がして。……だけどそれって、考えすぎかな？

祐奈が戸惑っているのをヴェール越しでも感じたのか、ラング准将が微かに笑みを漏らした。

この時の彼は顔を顰めていたわけではないのだけれど、少し苦笑めいた笑い方のようにも見えた。

「あなたのそういう公正なところは好きですが、いつでもそうである必要はないと思いますよ。

——だめなところがあってもいい。そんな自分を許すべきだ」

「だめなところを許す、ですか」

「時には混乱して感情的になったっていい。みっともない瞬間があったっていい。人間なのだから、醜態を晒すのは当たり前のことです。あなたはそういった負の感情を恥じる傾向にあるけれど、そんな必要はないと私は思います。特にあなたの場合、つらい時に弱者に八つ当たりしなかっただけでも立派なのだから、それ以外はもっと適当でいいのではないですか？　最低限のルールさえ守っていれば、いくらだってネガティブな面を出してもいい。負けるのは恥じゃない。つらかったら逃げてもいい。我儘を言ってもいい。甘えていいんです。——そのために私がいます」

　泣きたいような気持ちになった。この世界に来てから、『自分ってだめなやつ』と思うことが増えた。他者から軽く扱われると、自己肯定感がどんどん下がっていくような感じがして。勝てない自分がどうしようもなく感じられて、つらかった。

　でもラング准将は負けるのは恥じゃないと言う。つらい時に取り乱しても、みっともなく醜態を晒しても、当たり前なのだと。人間なのだから。

　そのアドバイスは『負けないように頑張ろう。前向きに生きよう。後ろ向きなのは良くない。常に成長しよう。好きになれる自分でいよう』と自己啓発めいたことを言われるよりも、ストンと胸に刺さった。

だめなところを肯定すればいい――それはうんと心が楽になる、魔法の台詞だと思った。『皆、なんだかんだ言ったって、同じようにだめなんだから、ありのまま、それでいいんだよ。人間なんて元々みっともない生きものなのだから』というのは、これまでの祐奈にはなかった視点だ。

それでふと思ったのだ。……でも、あなたは？

完全無欠なラング准将――あなたは負けることがあるの？　醜態を晒しているところを見たことがないけれど、つらい時はどうしているの？

「ラング准将は誰に甘えるのですか？　私はあなたが我儘を言っているのを見たことがありません」

「――では、あなたに」

冗談めかした口調であるのに、祐奈はドキリとさせられた。

彼は時折こんなふうに困った人になる。悪戯めかした態度で、祐奈をひどく戸惑わせるのだから。

彼は弓の名手みたいだ。思いがけないタイミングで、胸を射抜いてくる。

「困った時、私はあなたに甘えることにします。ですがあなたが先に甘えてくれないと、私もそうすることができない。私はあなたに仕える立場ですから」

それならば少しだけ……勇気を出して、踏み込んでみようか。彼はきっと、嫌だったら嫌だと言う人だ。どう返されるかを考えるのではなくて、とりあえず、衝動で馬鹿げたことを言ってみてもいいかもしれない。

「あの、お願いがあるのですが」

「ハグしてもらってもいいですか？　カナンを越えるのが怖いんです。あなたにそうしてもらえたら……よく眠れる気がします」

「喜んで」

彼が対面のソファから立ち上がり、歩み寄ってくる。スマートに手を差し出され、祐奈はそっと右手を伸ばして彼の手に重ねた。

窓辺に誘われ、向かい合って立つ。

彼はとても優しかった。纏う空気が。瞳の色が。

ふたつのシルエットが溶けるようにひとつに重なる。彼の腕に包み込まれながら、祐奈は気負いや恐怖が抜け落ちて行くのを感じていた。

――あなたがここにいる。月だけがふたりを見ている。

やはり彼を失えない、と祐奈は思った。明日自分の人生が終わるとしても、それでも彼には生きていてほしい。

ラング准将が立派な人だからとか、もっと多くのことを成し遂げるに違いない人だからとか、そういうことで彼に生き延びてほしいと考えているわけではない。

エゴかもしれないけれど、彼が自分にとって大切な人だから、死なないでほしい。

これまでずっと親切にしてくれて、感謝している。彼の瞳がこちらに向くのが好きだった。まるで時間が止まったみたいに感じられて。

自分がこの世界から消えたとしても、彼が元気でいてくれるなら、なんだか救われるような気がしていた。
どうか生きて――幸せに暮らしてほしい。そこに祐奈がいなくても。彼にはただ生きていてほしかった。

本書に対するご意見、ご感想をお寄せください。

あて先

〒162-8540 東京都新宿区東五軒町3-28
双葉社　Mノベルスｆ編集部
「山田露子先生」係／「鳥飼やすゆき先生」係
もしくは monster@futabasha.co.jp まで

ノベルス

ヴェールの聖女《せいじょ》
～醜《みにく》いと誤解《ごかい》された聖女《せいじょ》、イケメン護衛騎士《ごえいきし》に溺愛《できあい》される～②

2023年6月12日　第1刷発行

著　者　山田露子《やまだつゆこ》

発行者　島野浩二

発行所　株式会社双葉社
〒162-8540　東京都新宿区東五軒町3番28号
［電話］03-5261-4818（営業）　03-5261-4851（編集）
http://www.futabasha.co.jp/（双葉社の書籍・コミック・ムックが買えます）

印刷・製本所　三晃印刷株式会社

［電話］03-5261-4822（製作部）
ISBN 978-4-575-24635-3 C0093　